KB059945

우리를
만나다

우리를
만나다

이경주 장편소설

사계절

차례

1
도서관

잠에서 깨어났을 때 나는 책상에 엎드려 있었다. 정신 차리고 주위를 둘러보니 도서관이었다. 도서관의 모든 게 낯설었다. 그리고 이상하게도 사람이 보이지 않았다. 나는 도서관 밖으로 나가는 출구를 찾기 위해 돌아다녔다. 마치 미로 속에 갇힌 느낌이 들었다. 도서관의 시작과 끝이 어딘지 모르겠고, 내가 어디에 있는지도 알 수 없었다.

그제야 뭔가 잘못됐다는 걸 깨달았다. 내가 왜 여기 왔는지 전혀 생각나지 않았다. 너무 막막해서 출구 찾는 걸 포기하려는데 철문 하나를 발견했다. 문을 열어 보니 위층으로 올라가는 계단이 있었다. 2층에는 나를 도와줄 사람이 있을지도 몰랐다. 나는 재빨리 계단을 올라갔다.

2층에도 오래된 철문 하나가 보였다. 한 번도 열린 적이 없었던 것처럼 철문은 짙은 갈색 녹으로 덮여 있었다. 문고리를 두 손으로 당겨 보았다. 하지만 철문은 쉽게 열리지 않았다. 다시 한번 있는 힘껏 문고리를 당기자 철문이 조금씩 열리기 시작했다. 철문을 다 열자 1층 도서관처럼 책장이 먼저 보였다. 높이를 가늠할 수 없는 거대한 책장들이 아파트 건물처럼 나란히 서 있었다. 위를 올려다봤는데 천장의 끝이 보이지 않았다. 책장에 있는 수많은 책들이 나에게 쏟아질까 봐 겁이 났다. 나는 책장과 책장 사이의 길을 걸었다. 한참을 걷다 보니 그 길 끝에 책을 읽는 사람들이 보였다. 비로소 안심이 됐다. 나는 책을 읽고 있는 아주머니에게 조용히 다가가 물었다.

"죄송한데, 출구가 어디죠?"

아주머니는 대꾸도 없이 계속 책만 읽었다. 목소리가 너무 작았나 싶어 다시 물어봤다. 대답이 없었다. 아주머니가 너무 집중하는 것 같아서, 창가 쪽에 서 있는 아저씨에게 다가갔다.

"뭐 좀 물어봐도 될까요?"

아저씨도 대답이 없었다.

나는 주변에 있는 사람들에게 말을 걸었다. 그러나 단 한 명도 내 말에 대답하지 않았다. 불현듯 무섭고 불길한 느낌이 들었다. 큰 소리로 고함을 질렀다. 그 누구도 나를 보지 않았다. 몇 번을 소리쳐도 똑같았다. 설마 하는 마음으로 옆에 있는 아저씨의 팔을 잡아 보았다. 아저씨는 아무 반응이 없었다. 마치 내가 투명인간이 된 것 같았다. 여기서 빨리 나가야 한다. 나는 출입문을 찾기 위해 2층 도서관을 헤맸다. 하지만 출구를 찾지 못했다. 결국 나는 오래된 철문을 열고 다시 1층으로 내려갔다.

그제야 책장에 있는 책들이 눈에 들어왔다. 책장에 꽂혀 있는 책들은 모두 제목이 없었다. 책 한 권을 꺼내 펼쳤는데 책 안에도 글자가 없었다. 다른 책들도 확인했다. 모두 글자가 없었다. 이 모든 상황이 믿기지 않았다. 무섭고 혼란스러울 뿐이었다.

나는 용기를 내어 사람들이 있는 2층에 다시 올라갔다. 어차피 그들은 나를 볼 수 없으니까 겁낼 필요가 없다는 생각이 들었다. 나는 2층 철문 옆 책장에 꽂혀 있는 책을 꺼내 펼쳐 봤다. 1층과 마찬가지로 책에 글자가 없어 읽을 수 없었다. 나는 책을 읽는 사람들에게 다가갔다. 뭘 읽는지 뒤에서 보려고 했다. 그런데 그들의 책에도 글자는 없었다. 그들에게만 보이는 글자일까? 나는 책을 읽을 수 없는 도서관에 갇혀 버렸다. 내가 할 수 있는 건 이 악몽이 빨리 끝나길 기다리거나, 무작정 버티는 방법밖에 없었다.

얼마나 지났을까. 도서관에서 눈을 뜬 이후로 이상하게 잠도 오지 않고 배도 고프지 않았다. 이곳에서 지내는 시간이 길어질수록 오히려 정신은 맑아지는 느낌이었다. 그리고 한 가지 깨달았다. 나는 아무 기억이 없다는 것이다. 이곳에 어떻게 왔는지만 기억을 못 하는 게 아니라 이름이 뭔지, 나이가 몇인지, 어디에 사는지도 몰랐다. 분명 교복을 입고 있지만 학교 이름도 학년도 몰랐다. 내가 지금 아는 거라곤 이게 전부였다.

나는 1층보다 2층에 있는 게 좋았다. 사람들을 볼 수 있기 때문이다. 1층에 있으면 영원히 혼자일 거라는 생각이 들어서 무서웠다. 그런데 2층에 있는 사람들을 보면 나 혼자라는 느낌이 없었다. 누군가를 보기만 해도 외로움이 줄어드는 것 같았다.

2층에 있는 동안 사람들을 관찰했다. 그리고 특이한 점을 발견했다. 출입문이 없는데도 매번 다양한 사람들이 찾아와 책을 읽었다. 할머니, 어린아이, 아저씨, 또래 남자애도 보였다. 그들이 무슨 책을 읽는지 알 수 없지만, 마지막 책장을 넘길 때 사람들의 표정은 모두 비슷했다. 그러나 어떤 감정인지 알 수 없었다. 그 사람들의 표정을 따라 해 보았다. 하지만 얼굴이 잘 움직여지지 않았다. 감정 없이 표정을 짓기란 어려운 일이었다. 그렇게 무의미하게 표정 연습을 하고 있을 때, 누군가가 나를 보고 있는 게 느껴졌다. 자리에서 벌떡 일어나 나를 보던 눈길을 찾아 뛰어갔다. 그러나 책 읽는 사람만 있을 뿐, 나를 지켜보는 사람은 없었다. 이제 느낌까지 착각하다니. 나는 그냥 포기하고 땅에 주저앉았다. 그때 2층 철문이 쿵 하고 닫히는 소리가 들렸다. 여기에 누가 있다!

숨바꼭질일까. 어쩌면 내가 술래인지도 모른다. 나는 찾으려고 애쓰고 그는 숨어 있다. 철문으로 다니고 나를 볼 수 있다면 그는 도서관 사람들과는 다른 존재일지도 모른다. 얼굴도 모르는 그를 찾기 위해 도서관을 구석구석 살펴봤다. 제발 그 사람을 찾을 수 있길 간절히 바랐다. 며칠간 돌아다녔지만, 발자국조차 없었다. 내가 혹시 환영을 본 게 아닐까 의심이 들고, 이대로 포기하고 싶은 마음도 들었다. 괜한 기대가 나를 더 지치게 했다.

1층에 혼자 있는데 뚜벅뚜벅 발소리가 들렸다. 환영에 이어 환청까지 들리다니. 발소리가 점점 가까워졌다. 고개를 숙이고 귀를 막은 채 눈을 감았다. 집으로 돌아가고 싶다. 가족이 있다면 분명 날 기다리고 있을 테니까. 그런 생각을 되뇌다 눈을 떴다. 하얀색 운동화가 보였다. 고개를 들어 보니 교복을 입은 여자애가 서 있었다.

"안녕."

내가 아닌 사람의 목소리는 처음 들었다. 나는 한참 동안 그 애 얼굴을 봤다. 그러자 그 애는 어색하게 미소를 지었다.

"내가 보여? 어떻게 여기 왔어? 너 말고 다른 사람은 없어?"

그 애는 질문을 쏟아 냈다. 내가 하고 싶던 질문을 그 애가 먼저 했다.

"혼자야. 여기가 어딘지, 아무것도 모르겠어."

내 말에 기대로 가득한 그 애의 반짝이는 눈빛이 실망감으로 변했다. 그 애는 내 옆에 털썩 주저앉았다.

"너도 전혀 모르는구나. 여기에 얼마나 있었어?"

그 애가 다시 물었다.

"모르겠어. 그냥 아주 오래된 느낌이야. 너는?"

"난 시간이 멈춰 버린 것 같아."

그 애는 깊은 한숨을 내쉬며 말했다. 묻고 싶고 궁금한 게 너무 많지만, 서로 대답할 수 있는 게 없었다. 침묵이 흘렀다. 그 애는 조용히 일어나더니 문을 열고 나가려고 했다. 이렇게 얘기를 나눌 수 있는 사람을 겨우 만났는데 그냥 보낼 수 없었다. 어쩌면 다시 못 볼지도 모른다는 무서운 생각도 들었다. 나도 일어나서 그 애를 따라나섰다.

"같이 가도 될까?"

나는 그 애에게 물었다.

"그래, 같이 가자."

그 애와 나는 2층으로 올라갔다. 그 애는 빽빽한 책장 사이를 걸어갔다. 그리고 책을 읽는 사람들을 지나 책장이 끝나는 곳에서 걸음을 멈췄다. 거기엔 빈 책장만 있었다. 그 애는 빈 책장을 손으로 밀었다.

"뭐 해? 너도 밀어."

그 애의 말에 나도 빈 책장을 밀었다. 그러자 빈 책장이 회전문처럼 돌아가기 시작했다.

"내가 먼저 들어갈 테니까 따라와."

그 애는 회전하는 빈 책장 안으로 들어갔다. 마술사 모자에 들어간 토끼가 사라지듯이 눈앞에서 사라졌다. 나는 망설이다가 그 애를 따라갔다. 고개를 돌려 주위를 둘러봤다. 도서관에 이런 공간이 있다니. 처음 보는 낯선 곳이었다.

 "너 계속 여기에 있었어?"

 나는 그 애에게 질문했다.

 "나도 너처럼 계속 도서관에 있었는데, 우연히 여길 발견했어."

 "근데 난 널 왜 못 봤지?"

 "나는 계속 여기서 그 사람을 기다리고 있었거든. 꼭 다시 만나야 해."

 나는 그 애의 알 수 없는 얘기를 들으며 주변을 둘러봤다. 왼쪽 벽에는 두 개의 시계가 걸려 있었다. 한 시계는 6시를, 다른 시계는 12시를 가리켰다. 중앙에는 책이 쌓여 있는 커다란 책상과 색이 바랜 낡은 소파 하나가 보였다. 오른쪽 벽에는 직사각형으로 된 커다란 창이 있었다. 가까이 다가가니 창밖으로 숲이 펼쳐졌다. 창문은 열리지 않았다. 액자처럼 장식품에 불과했다. 그 애는 지친 표정으로 소파에 편히 앉았다.

 "힘 빼지 말고 너도 쉬어. 나도 수십 번 해 봤는데 열리지 않아."

 나는 포기하고 의자에 앉았다.

 "근데 네 이름은 뭐야?"

그 애가 물었다.

"몰라, 기억이 안 나."

"너도 이름을 모르는구나."

잠시 침묵이 흘렀다. 기억이 전혀 없는 두 사람이 만나서 할 수 있는 얘기는 없었다. 한참 있다 그 애가 제안했다.

"그럼, 여기서 알게 된 걸 얘기해 보자."

"그래."

우리가 공통으로 알아낸 사실은 과거에 대한 기억이 없고, 2층 사람들은 우리를 보지 못하고, 둘 다 도서관에서 눈을 뜬 이후로 잠을 잔 적이 없다는 거였다. 그 애는 나와 다르게 하나 더 발견했다.

"어떤 사람이 눈에 들어왔어. 그 사람은 도서관 사람들하고 얘기했어. 너도 알겠지만 그들은 책만 읽지 누구랑 얘기하지 않잖아. 그런데 이상하게 사람들이 그 사람과 대화를 했어. 그 이후로 나는 계속 그 사람을 관찰했고, 뒤를 쫓아서 여기까지 왔어. 그 사람의 눈에는 내가 안 보일 줄 알았으니까."

그 애는 잠깐 쉬었다가 침을 삼키고 다시 이어서 말했다.

"근데 여기에 오니까 그 사람이 나를 바라봤어. 그리고 내게 말을 건넸지. 정말 깜짝 놀랐어."

"뭐라고 했는데?"

나는 궁금했다.

"그 사람은 '기다려! 아직은 아니야'라는 말만 남기고 나가 버렸어.”

“그게 무슨 소리야?”

“내가 뭘 물어볼 틈도 없었어. 그 뒤로 그 사람을 기다리고 있어. 이번에는 절대 놓치지 않을 거야.”

‘기다려!’라는 말이 막막하게 들렸다. 하지만 동시에 희망이 생겼다. 이곳을 벗어날 수 있는 열쇠 같았다. 나는 그 애와 함께 그 사람을 기다리기로 했다.

얼마나 시간이 흘렀을까. 책장이 천천히 움직이고 누군가 들어왔다. 그 애가 말한 바로 그 사람이었다. 그 사람은 얼굴의 반을 가리는 검은 망토를 입고 있었다. 키가 꽤 컸고 몸은 마른 편인지 망토 속에 다 숨겨졌다. 망토의 그림자 때문에 얼굴은 자세히 보이지 않았다. 그 사람을 보자 가슴이 찌릿해지면서 한기가 느껴지고 두려운 마음이 들었다. 나는 뒤로 물러섰다. 그런데 그 애는 그 사람에게 다가갔다.

“계속 기다렸어요. 이제 제발 알려 주세요.”

그 애는 간절하고 다급하게 말했다. 그 사람은 그 애의 말을 듣고도 표정 하나 바뀌지 않았다. 그리고 책상 위에 있는 책을 보며 자기 할 일만 했다. 그 애는 울먹이는 목소리로 다시 말했다.

“아저씨, 제발 말 좀 해 주세요. 우리가 누군지, 왜 여기에 있는지.”

그는 고개를 들어 그 애를 잠시 보더니 다시 책을 읽기 시작했다. 우리를 거들떠보지도 않는 그에게 화가 났다. 그래서 그가 읽고 있는 책을 밀쳐 버렸다. 그는 조용히 의자에서 일어나 땅에 떨어진 책을 집어 들었다. 그리고 책상 위에 반듯하게 올려놓았다.

"이제 시간이 됐군."

그의 목소리는 차갑고 건조했다. 그가 서랍에서 책 두 권을 꺼내 한 권은 나에게, 한 권은 그 애에게 줬다. 우리는 책을 받고 그를 쳐다봤다.

"너희가 궁금해하는 건 그 책에 다 있어."

"아저씨, 장난해요? 우리는 기억도 없고 여기가 어딘지도 몰라요. 어차피 책 안에 글자도 없을 거 아니에요. 제발 여기에서 나갈 수 있는 방법을 알려 주세요. 이러다가 정말 미쳐 버릴지도 몰라요."

나는 그가 좀 무서웠지만 용기를 내어 따졌다. 떠오를 듯 떠오르지 않는 기억들을 되살리려 노력하는 것도, 말도 안 되는 공간에 갇혀서 바깥에 나가길 간절히 바라는 것도 너무 힘들었다. 깜깜한 독방에 갇힌 느낌이었다.

"여긴 도서관이다. 도서관은 책을 읽으러 오는 곳이고. 이 도서관은 책을 빌려주지 않는다. 이곳에서만 읽을 수 있지. 답을 빨리 찾고 싶다면 책을 읽어라."

그는 책상을 정리하고 나가려고 했다.

"아저씨는 누구예요?"

나는 다급하게 물었다. 그는 문을 열고 나가기 전에 우리를 보고 말했다.

"나는 이 도서관의 사서다."

사서는 우리에게 책만 주고 사라져 버렸다. 그 애는 책을 손에 꽉 쥔 채로 입술을 깨물었다.

"사서가 우리를 여기에 가뒀을까? 우리가 힘들어하는 모습을 보려고 이러는 걸까?"

내 말을 듣던 그 애는 바닥에 주저앉아 고개를 무릎에 파묻고 울기 시작했다. 나도 따라서 같이 울고 싶었다. 그런데 눈물이 나오지 않았다. 울고 싶은데 왜 눈물이 안 나는 걸까?

우리는 책을 들고 1층으로 내려갔다.

"책을 읽어야 할까?"

그 애는 손에 든 책을 보며 물었다.

"우리가 딱히 할 수 있는 일이 없잖아. 사서 말대로 책을 읽어 봐야겠어."

우리는 약속이라도 한 듯 거리를 두고 떨어져 앉아 책을 읽기로 했다. 책을 읽을 때는 왠지 혼자 읽어야 할 것 같았다.

"누가 더 빨리 읽나 내기할까? 중간에 먼저 멈춘 사람이 지는 거야."

그 애는 자신 있는 목소리로 말했다.

"내기? 뭘 걸고?"

"일단 이긴 사람이 정하는 걸로 하자."

그 애는 막상 무슨 내기를 걸지 모르는 것 같았다. 어차피 우리 둘 다 걸 수 있는 게 없었다. 나는 고민하다 딱히 거절할 이유가 없어서 그냥 고개를 끄덕였다. 우리는 각자의 자리에 앉기 전에 응원의 미소를 주고받았다.

나는 심호흡을 한 후 책의 첫 장을 펼쳤다. 도서관에서 처음으로 책을 읽는 순간이었다. 책은 꽤 두꺼웠다. 예상대로 처음부터 끝까지 글이 적혀 있지 않았다. 그런데 신기하게도 책장을 넘기자 글자가 나타나기 시작했다. 읽지 않고 넘기면 다음 장을 읽을 수 없다. 한 장을 다 읽어야만 다음 장에 글자가 나타났다. 첫 장에는 2004라는 숫자가 커다랗게 적혀 있었다. 두 번째 장부터 글이 시작됐다.

2004년 5월 12일 오전 11시에 서울시 강동구 명일동에서 남자아이가 태어났다.

내기에 진 사람은 나였다. 처음에는 글이 술술 읽혀서 쉬지 않고 읽었다. 그렇게 한참을 읽다가 잠시 멈추고 그 애가 있는 쪽으로 갔다. 그 애는 책을 읽고 있었다. 내가 근처에 있어도 내 쪽은 보지 않고 계속 책만 읽었다.

"저기⋯⋯."

나는 그 애를 불렀다. 그러나 그 애는 대답하지 않고 책장만 넘겼다. 나는 그 애 옆에 앉아서 조심스럽게 말을 꺼냈다.

"이 책 말이야."

그 애는 책에서 눈을 떼더니 불안한 눈빛으로 나를 봤다.

"이 책 뭔가 이상해."

내 말을 듣고 그 애는 당황했다. 나는 그 애의 책을 봤다. 그런데 글자가 적혀 있지 않았다. 그 애도 내 책을 살폈다. 우리는 서로의 책을 읽지 못했다. 오로지 자기만 읽을 수 있었다. 우리는 서로 읽은 내용을 공유했다. 그 애가 읽고 있는 책도 첫 장에 나랑 똑같은 숫자가 적혀 있고, 두 번째 장부터 이야기가 시작된다고 했다.

"내 책은 어떤 남자아이에 대한 이야기야. 그냥 평범한 아이지. 그 아이가 어디서 태어났고, 어떻게 자랐고, 뭘 하며 지냈는지 아주 자세히 나와 있어. 재미있는 이야기도 있고, 지루한 이야기도 있지. 근데 읽다 보니까 기분이 이상해."

"내 책은 한 여자아이에 대한 이야기야. 그런데 나도 기분이 묘했어."

그 애도 나랑 비슷한 감정인 것 같았다.

책을 읽을수록 답답함은 사라지지 않고 오히려 더 혼란스러웠다. 그저 사서가 하라는 대로 책을 읽을 뿐인데, 책을 읽을 때 느껴지는 이 감정을 뭐라고 설명하기가 힘들었다. 왜 읽어야 하는지 모르겠지만, 이곳을 나가려면 이 방법밖에는 없는 것 같았다. 우리는 일단 각자 책을 더 읽어 보고 얘기하기로 했다.

2
동호

　독서실은 동굴처럼 깜깜했다. 동호는 어둠 속에서 더듬더듬 자신의 자리로 갔다. 의자에 앉자마자 가방을 바닥에 던지고 책상에 엎드렸다. 사람이 많은 독서실은 답답하지만, 아무도 없는 독서실은 편안했다. 책장 넘기는 소리도 사람들이 움직이는 소리도 전혀 들리지 않았다.

　'조용하다.'

　동호는 어쩌면 자신이 조용한 곳을 좋아할지도 모른다는 생각에 살짝 웃음이 났다. 사실 중학교 때부터 시험 기간을 좋아했다. 하교 시간이 빨라서 느긋하게 놀 수 있었기 때문이다. 엄마는 매일 노는데 그게 무슨 상관이냐고 얘기했지만, 오후 3시 이후에 노는 건 점심부터 노는 거와는 느낌이 전혀 달랐다. 동호는 놀 때에도 여유를 즐겨야 한다고 생각했다. 정해진 시간 안에 후다닥 게임을 할 때보다 과자를 먹고 라면을 먹으면서 즐기는 게임을 할 때가 훨씬 더 재미있었다. 원래 동호라면 지금쯤 피시방에서 게임을 한창 즐기고 있을 시간이었다. 그런데 이번에 난생처음 시험 기간에 독서실에 나왔다.

동호는 시험공부를 하는 이유를 다시 생각했다. 시험을 못 보면 휴대폰을 뺏어 버리겠다는 엄마의 엄포 때문인지, 고등학생이 됐으니 이제는 공부에 대한 부담을 자연스럽게 갖게 된 건지. 그런데 엄마의 엄포는 잠시라서 무섭지 않았고, 고등학생이 됐다고 갑자기 시험에 임하는 태도가 바뀌는 것도 아니었다. 역시 누나 때문이라는 생각이 들었다. 동호는 누나의 잔소리를 버틸 자신이 없었다.

시험 기간이 시작되기 일주일 전, 동호는 누나에게 강제로 끌려와 독서실을 등록했다. 그러나 독서실에 가만히 앉아서 책을 보는 일은 견딜 수 없이 괴로웠다. 계속 바깥바람을 쐬러 나가거나 엎드려서 잠을 잤다.

그날도 동호는 어김없이 문제집을 베개 삼아 잘 준비를 했다. 그때 누군가 동호의 어깨를 툭 건드렸다. 격투기 체육관 친구인 찬규가 싱글싱글 웃으며 서 있었다. 찬규는 손짓으로 문쪽을 가리키고는 밖으로 나갔다. 동호도 찬규를 따라나섰다.

"야, 네가 언제부터 독서실을 다녔냐?"

찬규는 호들갑을 떨었다.

"뭐가 어때서?"

"너 어디 아픈 거 아니냐?"

찬규는 동호의 머리를 양손으로 잡고 여기저기 살펴봤다.

"그만해라. 안 그래도 짜증 나 죽겠는데."

찬규는 깔깔거리고 웃다가 독서실에 온 걸 환영한다고 말했다. 동호는 독서실에 아는 애들이 없어서 심심했는데, 찬규를 만나서 반가웠다. 찬규는 예술고등학교에 다녔다. 연기를 전공해서 유명한 영화배우가 되겠다고 늘 말했다. 놀 때 죽이잘 맞는 녀석이라서 독서실 다니는 일이 그나마 덜 심심할 것같았다. 동호는 같이 놀 친구가 생겨서 좋았다.

다음 날, 독서실에 도착하자마자 찬규에게 문자가 왔다.

— 맥에서 봐.

동호는 가방을 책상 위에 획 던지고 맥도날드로 달려갔다. 찬규는 누군가와 함께 자리를 잡고 앉아 있었다.

"햄버거 주문하고 와. 얘는 내 중학교 동창 강이수."

"어, 알아."

동호의 말에 찬규는 놀란 눈으로 동호와 이수를 번갈아 쳐다봤다.

"우리, 같은 반이야."

이수가 먼저 말했다. 찬규는 둘이 같은 반인 줄 몰랐다며 신기해했다. 동호는 찬규와 이수가 친구라는 사실이 더 놀라웠다. 동호와 찬규가 공부랑 상관없이 지내는 속 편한 애들이라면, 이수는 학교 선생님들의 관심을 한 몸에 받는 모범생이었다. 고등학교 입학 후 모의고사에서 이수가 전국 1퍼센트 안에 들었다며 담임은 자랑스럽게 얘기했다. 동호는 직감적으로 자신은 이수와 어울리지 않는 부류라 생각했고 교실에서 말을 해 본 적도 없었다.

찬규가 햄버거를 주문하러 가자 동호와 이수는 어색해졌다. 찬규와 친구라는 거 말고는 공통점이 하나도 없었다. 침묵을 깬 건 이수였다.

"과학 공부 많이 했어?"

"공부는 무슨, 밥맛 떨어지게."

동호는 보통 모범생들은 항상 공부만 한다고 생각했는데, 속마음이 무심결에 튀어나와 버렸다.

"무슨 말이야?"

"아니, 뭐."

마침 그때 찬규가 쟁반에 햄버거와 음료수들을 들고 왔다. 동호와 찬규는 햄버거를 누가 더 빨리 먹나 경쟁하듯이 먹었고, 이수는 아이스 아메리카노만 마셨다.

"이수야, 배 안 고파? 햄버거 좀 먹어."

찬규는 햄버거를 이수에게 권했다.

"괜찮아. 배부르면 졸려서……."

"공부 잘하려면 굶어야 하나?"

동호는 이수의 말이 거슬려 비꼬듯이 말했다. 이수는 남은 음료를 들고 얼른 자리에서 일어났다.

"나 먼저 갈게. 나중에 다시 연락해."

이수의 반응에 동호는 괜히 뻘쭘했다.

"왜 저래? 역시 머리 좋은 놈들은 재수가 없어."

동호는 찬규가 동조할 줄 알았다. 하지만 찬규는 굳은 얼굴로 말했다.

"야, 이수, 괜찮은 놈이야."

"진지하게 왜 이래. 케첩이나 더 가져올게."

예상치 못한 찬규의 말에 동호는 마음이 불편했다.

다음 날, 동호는 문을 열고 교실에 들어섰다. 그런데 먼저 등교한 이수와 눈이 마주쳤다. 어제 일도 있고 해서 이수가 자기를 보면 당연히 모른 척할 거라고 생각했다. 그런데 이수가 손을 들고 먼저 인사를 했다. 어제 기분이 나빴을 텐데, 생각보다 소심한 녀석은 아니었다. 오히려 동호가 어색하게 인사를 하고 황급히 자리에 앉았다. 둘은 이야기를 나누지 않았다. 동호는 평소처럼 친구들과 웃고 떠드느라 바빴고, 이수는 자리에 앉아서 시험공부를 했다.

수업이 끝나고 동호는 바로 독서실로 향했다. 며칠만 참으면 독서실에 다시 갈 일은 없을 테니, 그때까지 잘 참으면 됐다. 독서실을 다닌 덕분인지 시험을 아주 많이 망치지는 않았다. 동호는 독서실 자리에 앉자마자 배가 고팠다. 그래서 밖으로 나가는데 휴게실에 있던 이수가 동호를 불렀다.

"일찍 왔네? 점심 먹었어?"

"아니, 나가서 사 먹으려고."

"잘됐네. 나랑 같이 먹자."

이수는 탁자 위에 있는 도시락을 가리켰다. 동호는 삼각 김밥이나 사 먹으려고 했는데, 반듯하게 만들어진 알록달록한 김밥이 눈에 들어왔다.

"그럼, 하나만 먹을게."

동호는 맛만 볼 생각이었는데 자꾸만 김밥에 손이 갔다. 동호의 입속으로 김밥이 순식간에 사라지는 동안, 이수는 몇 개 먹지 못했다.

"김밥 정말 맛있다. 너희 엄마가 만들었어?"

"응."

"소풍도 아닌데 엄마가 김밥도 싸 주다니. 넌 좋겠다."

동호는 엄마표 도시락을 먹어 본 적이 없었다. 동호 엄마의 음식 솜씨는 동네에서도 소문이 날 정도로 유명했지만, 엄마가 만든 음식은 동호가 아니라 다른 사람들을 위한 음식이었다. 엄마는 아빠랑 함께 해장국집을 운영했다. 인건비를 줄이기 위해 둘이서 일했기 때문에 항상 바빴고 거의 가게에서 시간을 보냈다. 그래서 초등학교 소풍 때마다 김밥을 사서 갔다. 쿠킹 포일에 포장된 김밥을 먹으면서 네모난 도시락통에 김밥을 담아 온 아이들을 부러워했다. 동호는 그 마음을 감추려고 아이들 김밥을 뺏어 먹으면서 맛이 없다며 일부러 짓궂게 굴었다. 이제는 그런 일에 신경 쓸 나이는 아니지만, 집에서 만든 김밥을 먹으면 여전히 부러운 마음이 들었다. 동호는 엄마가 만들어 준 김밥을 먹는 이수가 부러웠다.

"잘 먹었어. 네 덕분에 밥값 굳었다."

"너 이제 무슨 과목 공부할 거야?"

이수가 도시락을 정리하며 물었다.

"미쳤어? 밥을 먹었으면 소화를 시켜야지."

이수는 동호의 말을 듣고 웃었다.

"너도 나갈래?"

동호는 고맙고 미안한 마음에 예의상 물어봤는데, 이수가 고개를 끄덕였다. 사실 혼자 가볍게 놀다 올 생각이었다. 그런데 이수가 동행한다니까 좀 불편했다. '세상에 공짜는 없다'는 아빠의 말이 생각났다.

동호와 이수는 스크린 야구장에 갔다. 시험 기간이라서 그런지 사람도 많지 않고 한가했다. 동호는 배트를 골라서 홈 앞에 섰다. 스크린에 거구의 투수가 나타났다. 투수가 공을 던지자 동호는 힘껏 배트를 휘둘렀다.

탕! 공이 스크린 하늘을 가로질러 날아갔다.

탕! 탕! 탕! 오늘은 컨디션이 좋은지 동호는 안타와 홈런을 연달아 쳤다. 이수는 뒤에서 동호의 동작을 유심히 관찰했다.

"이수야, 너도 한번 해 볼래?"

동호의 말에 이수는 배트를 들고 어정쩡한 자세로 홈 앞에 섰다.

"투수 속도를 늦출 수 있어. 넌 처음이니까 시속 120킬로미터로 설정할게."

투수의 투구 속도를 컴퓨터로 조정할 수 있었다. 실력이 좋은 사람들은 승부욕 때문에 일부러 속도를 높였고, 초보자는 공을 치려면 속도를 낮춰야 했다.

"아니야. 나도 너랑 똑같이 할게."

"너 후회하지 마. 시속 140킬로미터는 아무나 칠 수 없어. 나 정도 되니까 치는 거라고. 쉬워 보여도 처음에는 배트로 공을 건드리지도 못해."

이수는 첫 번째 공을 치지 못하고 헛스윙을 했다.

"그거 봐, 내 말이 맞잖아."

동호는 이수를 놀리며 웃었다. 두 번째 공이 날아오는 순간 이수의 배트에서 맑고 경쾌한 소리가 났다.

탕! 탕! 탕! 이수는 연속으로 홈런을 쳤다. 동호는 스크린을 가득 채운 홈런 글자를 멀뚱히 지켜봤다. 대부분의 운동을 잘하고 특히 구기 종목을 꽤 잘하는 동호는 이수가 쉽게 공을 치자 놀랐다. 공부만 하는 녀석이라고 생각했는데, 운동 신경이 좋아 보였다. 배트를 휘두르는 자세가 제대로였다.

"너 처음 아니지?"

점수 기록을 보니 이수가 동호 기록을 깬 상태였다.

"진짜 처음이야. 네가 하는 동작을 보고 그대로 따라 했어."

"아, 진짜 재수 없다. 넌 보기만 해도 그냥 되냐."

동호는 비아냥거렸지만 이수는 땀을 닦으며 웃었다. 이수가 크게 웃으니까 동호도 왠지 모르게 기분이 좋았다. 학교에서 보는 이수는 대체로 무표정이거나 진지했다. 공부 기계인 줄 알았는데 자신과 크게 다르지 않은 평범한 학생 같았다. 둘은 스크린 야구장을 나와 코인 노래방에 가서 노래를 불렀고, 피시방에서 게임을 했다. 동호는 이수와 보낸 시간이 생각보다 편하고 즐거웠다.

해가 지고 어느덧 저녁이 되었다.

"이수야, 난 집에 간다. 넌 독서실 갈 거지?"

"동호야, 컵라면 먹고 가자. 이왕 늦었는데."

이수는 웃으면서 편의점을 손가락으로 가리켰다. 둘은 편의점에서 컵라면을 배부르게 먹고 독서실로 천천히 걸어갔다.

"오늘 잘 놀았어. 고마워."

이수는 힘없는 목소리로 말했다. 동호는 이수의 옆모습을 봤다. 학교에서 봤던 표정이었다.

"밥도 나눠 먹었는데 놀고 싶으면 언제든 말해. 이 형님이 또 놀아 주지."

3
도서관

책을 읽다가 멈췄다. 동호와 이수. 내 책의 주인공은 동호였다. 근데 이수라는 이름을 읽는 순간 기분이 이상했다. 이수라는 이름을 소리 내어 말했다.

"강, 이, 수."

울컥했다. 나는 갑작스러운 감정이 당황스러워서 고개를 흔들었다. 사서의 말대로 책에 답이 있다면 계속 읽어야 했다. 1부는 동호가 중학생일 때 있었던 재미있는 여러 사건이라 쉽게 읽었는데, 2부는 고등학생이 된 동호의 이야기였다. 그런데 책장이 잘 넘어가지 않았다. 특히 이수가 나올 때 읽는 속도가 느려졌다. 나도 모르게 글 속에 이수 얘기가 나오면 신경이 쓰였다.

그런데 이야기를 읽어도 아무런 기억이 떠오르지 않았다.

내 기억은 언제쯤 돌아올까. 내가 잃어버린 기억은 소중한 기억일까, 아니면 아프고 힘든 기억일까. 어떤 기억일지 모르나 부끄러운 기억만은 아니길 바랐다.

그 애는 잘 읽고 있을까. 우리가 책을 읽고 나면 여기서 벗어날 수 있을까.

똑똑. 그 애가 내 책상을 두드렸다.

"뭐 해? 책 읽고 있어?"

"아니, 그냥 쉬고 있어."

"쉬는 게 아니라 뭔가 고민하는 표정이었는데."

그 애는 내 마음을 아는 듯이 말했다.

"책을 읽으니까 생각이 많아져. 기억도 없는데 말이야."

"나도 그래."

그 애는 내 옆에 앉더니 머리를 책상에 댔다. 그 애도 나처럼 머리가 복잡한 것 같았다.

"2부까지 읽고 만나기로 했는데, 벌써 다 읽었어?"

"아니, 아직. 기억은 안 나지만 책 읽는 걸 무척 싫어했나 봐. 한 장 한 장 읽는 게 이렇게 힘들 줄 몰랐어."

그 애의 말에 나도 고개를 끄덕였다.

"그럼 우리 둘 다 책을 너무 안 읽어서 지금 책 읽는 벌을 받고 있나 보다."

"정말 끔찍한 벌이다."

우리는 낄낄대며 웃었다. 이곳에서 웃은 적이 있었나. 나도 그 애도 처음으로 크게 웃었다.

"네가 있어서 다행이야. 너를 만나기 전에 나는 계속 울기만 했거든."

그 애는 밝은 목소리로 말했다.

"무슨 소리야! 나야말로 네가 있어서 든든해. 나보다 네가 깡이 더 세 보여."

내 말에 그 애는 팔꿈치로 내 팔을 툭 밀쳤다.

"아야, 역시 힘도 세잖아."

"뭐라고? 다시 말해 봐!"

그 애는 주먹을 쥐며 웃었다. 우리는 장난을 치며 복잡한 생각을 잠시 미뤘다.

"이제 다시 읽을까? 넌 어디까지 읽었어?"

나는 그 애에게 질문했다. 그 애는 자신이 읽기 시작할 부분의 첫 문장을 읽어 줬다.

"너를 처음 만난 날."

4
제로

제로는 창문 밖의 사람들을 보며 혼잣말을 했다.

"어린 빨간색, 고집 센 노란색, 탁한 하얀색, 따뜻한 파란색."

"따뜻한 파란색? 그게 무슨 색이야?"

누군가의 질문에 제로는 깜짝 놀라 뒤를 돌아봤다. 색깔의 느낌을 말로 만드는 게 제로가 하는 혼자만의 놀이였는데, 비밀을 들킨 것처럼 창피했다. 창피함도 창피함이지만 남의 얘기를 엿들은 그 아이의 무례함에 더 화가 났다.

"왜 남의 얘기를 엿들어. 기분 나쁘게."

"미안해. 뒤에 있다가 우연히 들었어."

보통 제로가 표독스럽게 화를 내면 대부분의 아이들은 처음에는 당황하고 어이없어하고 무시하며 등 돌렸다. 아이들은 제로의 반응이 늘 지나치다고 생각했다. 제로는 직설적으로 얘기해서 상대방을 무안하게 만들어 버렸다. 상대방이 불편해 하는 점을 일부러 더 건드렸다. 그런데 지금 이 아이는 진심 으로 미안한 표정이었다. 제로는 마음과 다르게 아이를 무시 하고 자리에 앉았다.

"자, 모두 모였으니까 시작할게요. 오늘은 크로키를 합니다. 모델이 계속 움직일 텐데, 형체와 구도 상관없이 마음과 손이 가는 대로 그리면 됩니다. 아, 오늘 새 멤버가 왔으니까 잠깐 인사 나눌게요."

캡틴이 이름을 부르자 그 아이가 앞에 나와서 인사를 했다.

"안녕하세요. 제 닉네임은 밴쿠버입니다. 앞으로 잘 부탁드 립니다."

제로는 드로잉 동호회 회원이었다. 일주일에 한 번씩 홍대 에 위치한 화실에서 드로잉을 했다. 회원들의 연령대는 다양 했는데 미대생이나 디자인과 관련된 일을 하는 사람들이었다. 동호회는 정원이 있고 회원을 뽑을 때 나름 까다로운 규칙이 있었다. 동호회 임원들이 회원들의 그림을 미리 확인하고 뽑 았다. 다들 실력이 좋아서 제로는 회원들의 그림을 보며 자극 을 받아서 좋았고, 자신이 이 그룹의 일원이라는 게 자랑스러 웠다. 정기 모집이 아닌데 이렇게 회원이 들어오는 경우는 드 물었다.

"밴쿠버는 아끼는 후배예요. 제가 스카우트했으니 잘 대해 주세요."

캡틴의 말에 밴쿠버가 쑥스러워했다.

크로키가 시작됐다. 한 시간 동안 계속했다. 모델이 자세를 바꿀 때마다 그 모습을 포착해서 자기만의 스타일로 그려야 했다. 제로는 자유롭게 그리는 그림이 제일 힘들었다. 그래서 연필과 붓 가는 대로 편하게 그리는 사람들을 보면 부러웠다. 회원들의 그림을 살짝 봤다. 미대생 언니, 오빠 들의 크로키는 누가 봐도 훌륭했지만, 자유롭지 못한 느낌이었다. 직장에 다니는 사람들도 마찬가지였다. 제로는 다들 자신과 별반 다르지 않아서 실망했다.

"잠깐 휴식 시간을 갖고 10분 후에 다시 시작할게요."

캡틴이 쉬는 시간을 알렸다. 제로는 자리에서 일어나 창가 쪽으로 갔다. 그러다 밴쿠버의 그림 앞에서 걸음을 멈췄다. 제로의 화실 선생님 얘기가 떠올랐다. 선생님은 그림을 보면 그 사람의 성격을 알 수 있다고 했다. 밴쿠버의 그림은 동호회 회원들과는 달랐다. 그림 실력도 훌륭하고 무엇보다 표현하는 방식이 자유로웠다. 밴쿠버는 대상에 얽매이지 않고 그림을 그렸다. 대상의 모습을 그대로 간직한 채 전혀 다른 분위기로 연출했다. 제로가 밴쿠버 그림 앞에 오래 서 있으니까 캡틴이 귓속말로 속삭였다.

"이 녀석 괴물이야. 한 번도 미술 학원에 다닌 적이 없어. 혼자서 한 건데 이 정도야."

제로는 타고난 재능을 가지고 있는 사람을 질투하지 않았다. 그런 사람은 선택받은 운 좋은 사람이라고 생각했고, 평범한 사람은 그저 열심히 노력하는 게 최선이라고 생각했다. 제로는 밴쿠버의 그림이 부러웠다. 그리고 밴쿠버가 조금 궁금해졌다.

크로키가 끝나고 항상 그러듯이 캡틴이 뒤풀이 장소를 공지했다.

"뒤풀이 장소로 이동할게요. 신입 회원이 왔으니까 빠지지 말고 많이 와서 반겨 주세요."

제로는 뒤풀이에 거의 참석하지 않기 때문에 가방을 챙겨서 나갈 준비를 하고 있었다. 그때 밴쿠버가 제로에게 먼저 말을 걸었다.

"너는 뒤풀이 안 가? 같이 가자."

제로는 밴쿠버를 보고 아무 대답도 못 하고 눈만 깜박였다. 아까 제로가 화를 내며 말해서 무안했을 텐데, 아무렇지도 않게 먼저 말을 거는 밴쿠버가 이상해 보였다.

"아, 미안해. 캡틴 형이 마늘치킨이 맛있다고 해서, 너도 배고플 것 같고."

밴쿠버의 어설픈 말에 제로는 피식 웃음이 났다.

"그래."

밴쿠버는 제로의 대답을 듣고 환하게 웃었다.

뒤풀이는 사람들의 웃음소리와 말소리 때문에 시끄러웠다.

캡틴은 제로와 밴쿠버를 같은 자리에 앉게 했다.

"제로, 밴쿠버랑 동갑이니까 친하게 지내. 막내가 이제 두 명이네."

제로는 뒤풀이에 오랜만에 참석한 터라 어색했다. 더구나 오늘 처음 본 밴쿠버랑 같은 테이블에 앉아서 더 불편했다. 캡틴은 처음 온 밴쿠버는 신경도 쓰지 않고 다른 테이블에 가서 떠들었다. 다행히 신입 회원을 반기는 언니, 오빠 들이 제로와 밴쿠버가 있는 테이블로 몰려왔다. 제로는 언니, 오빠 들의 농담에 웃고 어색한 대화를 나누며 고개를 끄덕였다. 그러고 나서 접시에 있는 치킨 한 조각을 겨우 먹고 자리에서 일어났다. 사람들이 많이 모이고 분위기가 좋을수록 제로는 혼자만 떨어져 있는 느낌이 들었다. 억지로 사람들 얘기에 반응하고 웃을수록 자신이 점점 작아졌다. 이런 날엔 집에 돌아가면 소화 불량으로 체하거나 토했다. 오늘은 밴쿠버 때문에 무리를 한 거다.

제로는 가방을 챙겨 조용히 나왔다. 홍대의 밤거리는 반짝반짝 빛났다. 상점들의 간판은 화려했고, 거리를 다니는 사람들의 발걸음은 활기찼다. 제로는 반짝거리는 이곳이 자신과 어울리지 않는다고 생각했다. 일부러 사람들이 잘 다니지 않는 조용한 주택가 골목을 향해 걸었다. 한참을 걸어가고 있는데 누군가 제로를 불렀다.

"제로! 제로!"

제로가 뒤를 돌아보니 밴쿠버가 숨을 헐떡이며 뛰어왔다.

"이거."

밴쿠버 손에는 제로의 휴대폰이 들려 있었다. 제로는 괜히 민망했다.

"너 손이 빠르던데, 발은 더 빠르구나."

"응?"

"아까 크로키 할 때 너 봤어. 그림도 좋고 손도 정말 빠르더라고."

제로는 갑작스러운 칭찬에 얼굴이 빨개졌다. 자기가 밴쿠버의 그림을 넋 놓고 지켜본 걸 들켜 버린 게 아닐까 하는 생각이 들었다.

"휴대폰이 없는지도 몰랐어."

"너무 시끄럽고 정신없었지. 네 휴대폰 핑계로 나도 도망쳤어. 담에 또 보자. 조심히 가."

밴쿠버는 휴대폰을 제로 손에 쥐여 주고 다시 뒤돌아 뛰어갔다. 제로는 밴쿠버의 뒷모습을 지켜봤다. 밴쿠버가 멈추더니 뒤를 돌아 환하게 웃으며 손을 흔들었다. 그때 제로의 심장이 갑자기 두근두근 뛰기 시작했다.

5

동호

"동호야, 이것만 봐도 80점은 나올 거야. 그러니까 꼭 봐."

이수가 노트를 건네며 자신 있게 말했다.

"귀찮게 무슨 노트야."

동호는 시큰둥하게 대답했지만, 이수에게 고마웠다. 보통 공부 잘하는 애들은 공부에 관련된 질문을 하면 대충 설명하거나 귀찮아했다. 노트나 교과서를 보여 달라고 하면 대놓고 거절하는 애들이 많았다. 그런데 이수는 직접 만든 노트를 그냥 줬다. 내신 점수가 중요한 학생이 이런 행동을 하다니, 군인이 적에게 총을 넘겨준 거나 마찬가지라고 생각했다. 동호는 이수가 준 요약 노트를 열심히 들여다봤다. 출판사에서 만든 책처럼 핵심 내용이 잘 정리되어 있었다. 동호는 친구 사이에서 가장 중요한 건 의리라고 믿었다. 그래서 졸린 눈을 비비며 이수의 노트로 공부를 하며 의리를 지켰다. 벼락치기로 공부해 봐야 얼마나 점수가 오를지 모르지만, 노트에 적힌 내용을 열심히 외웠다.

다음 날, 동호는 이수의 말대로 80점을 넘었다. 이수 덕분에 이전보다 중간고사 점수를 훨씬 높게 받았다. 요약 노트의 힘이 대단했다. 동호는 시험 기간 동안 이수와 같이 밥 먹고 얘기하고 공부를 했다. 함께 시간을 보낼수록 이수가 편하게 느껴졌다.

시험 마지막 날, 동호는 좀 아쉬운 마음이 들었다. 학교 수업이 끝나면 바로 이수와 같이 독서실에 갔는데, 이제는 다른 친구들과 피시방에 가야 했다. 그래서 교실에서 나오기 전에 이수에게 인사를 했다.

"고마웠다. 네 덕분에 이번 시험 잘 봤어."

"응. 친구들이랑 재미있게 놀아."

동호는 앞으로 이수랑 자주 얘기를 하거나 따로 만나서 놀 일은 없을 거라 생각했다. 동호와 이수는 달랐기 때문이다. 어쩌다 한번 시험 기간에 동호가 공부했듯이, 이수는 어쩌다 한번 놀았기 때문이다. 동호는 원래대로 자기와 비슷한 아이들과 노는 게 자연스러운 거라고 생각했다. 그리고 친구들과 소리를 지르며 학교 복도를 뛰어나갔다.

피시방에 도착해 오랜만에 게임을 했다. 그러나 동호는 예전처럼 게임에 집중할 수 없었다.

"야, 똥호! 정신 좀 차려. 너 때문에 계속 말리잖아."

"새끼야, 나 때문이냐! 네가 느려서 그러지. 난 잠깐 쉴 테니까 너희들끼리 하고 있어."

동호는 헤드셋을 내려놓고 의자에 머리를 기댔다. 화면에는 여전히 적을 향해 총을 겨누는 동호가 있었다. 그런데 머릿속에 이수의 모습이 자꾸 떠올랐다. 교실을 나올 때 의자에 앉아서 멍하니 칠판을 보던 이수가 마음에 걸렸다. 시험이 끝나면 친구들과 놀지 왜 청승맞게 앉아 있는지 신경이 쓰였다. 그때 갑자기 의자가 젖혀져서 동호는 번쩍 정신이 들었다. 찬규가 의자를 잡고 실실 웃고 있었다.

"이 자식 시험공부는 안 하고 여기서 게임이냐?"

"시험 끝났어. 이제 제대로 놀 거야."

"그래? 이수는 독서실에서 공부하고 있던데……. 그래서 시험 안 끝난 줄 알았지."

찬규의 말에 동호는 괜히 마음이 불편해졌다.

동호와 친구들은 피시방을 나온 뒤 삼겹살을 먹고 나서 노래방에 가려고 했다. 노래방은 동호가 친구들과 놀 때 마지막에 꼭 가는 곳이었다. 노래를 불러야 노는 일정이 끝나는 거였다. 동호는 휴대폰을 들여다봤다. 밤 10시였다.

"미안, 오늘은 너희들끼리 가라. 내일 보자."

"똥호, 같이 가야지! 어딜 가."

"부모님 가게 가서 일해야 돼."

"네가 언제부터 부모님 도와드렸냐? 우리랑 같이 놀자."

동호는 만류하는 친구들의 틈을 빠져나와 가게가 아닌 반대 방향으로 달렸다. 동호가 걸음을 멈춘 곳은 다름 아닌 독서실이었다. 시험 기간이 다 끝나서인지 독서실은 조용했다. 동호는 자기 자리에 가방을 놓고 잠시 숨을 돌렸다.

'이수가 있을까.'

동호는 옆방으로 조용히 들어갔다. 옆방도 마찬가지로 사람이 없었다. 돌아서 나가려는데 구석 끝자리에서 빛이 보였다. 동호는 빛이 있는 쪽으로 천천히 걸어갔다. 이수였다. 이수는 책상에 엎드려 자고 있었다. 동호는 이수의 귀를 잡아당겼다. 이수는 놀라서 움찔거리며 소리를 냈다.

"어?"

"자려고 독서실에 왔냐? 잠은 집에서 자야지. 얼른 나와."

이수는 갑자기 나타난 동호 때문에 놀란 눈치였지만 반가워했다.

"동호야, 독서실에 왜 왔어?"

"너 보려고 왔겠냐? 짐 챙기러 왔지. 일단 같이 나가자."

이수는 잠이 덜 깬 상태로 동호를 따라 나왔다.

바깥은 시원했고 기분 좋은 바람이 불었다. 봄에서 여름으로 넘어가는 중간에 서 있는 느낌이었다. 동호는 별말 없이 앞장섰고 이수도 조용히 따라갔다. 동호가 멈춘 곳은 근처 초등학교 운동장이었다. 동호가 운동장을 향해 뛰었다. 동호는 이수를 보며 손짓을 했다. 이수가 동호를 따라잡으려고 빨리 달렸다. 하지만 그럴수록 동호는 더 빨리 달렸다. 이수는 숨을 헐떡이며 그 자리에 주저앉아 버렸다. 앞에서 뛰던 동호가 다시 돌아와 이수 옆에 앉았다.

"후, 뛰니까 좋네. 근데 숨이 너무 차."

"난 답답하거나 스트레스를 받으면 여기에 와. 뛰고 나면 아무 생각도 안 나고 속이 시원해. 여긴 아는 사람도 없어서 편해. 너도 답답하면 여기 와서 막 뛰어."

"고마워."

"뭐가? 짜식. 이런 걸로 감동하냐. 그럼 네가 음료수 쏴."

"근데, 넌 꿈이 뭐야?"

이수의 뜬금없는 질문에 동호는 한참 침묵을 지켰다. 그러다 땅바닥에 있는 작은 돌맹이를 주워 던지며 얘기했다.

"평범하게 행복하게 살자! 정말 큰 꿈이지. 너는?"

"난 잘 모르겠어. 아빠가 바라는 꿈만 있어."

"너도 꿈을 만들면 되잖아. 네 꿈이 없으니까 그렇지."

"그러네. 나도 꿈을 만들면 되겠네."

"그 쉬운 방법을 이제 알았냐? 넌 똑똑하잖아. 마음만 먹으면 돼."

시원한 바람이 불고 운동장에 있던 낡은 축구공 하나가 이수 앞으로 굴러왔다. 이수는 벌떡 일어나서 있는 힘껏 축구공을 발로 찼다. 축구공이 긴 포물선을 그리며 밤하늘을 가로질러 날아갔다.

6
제로

제로는 진짜 이름 말고 닉네임으로 불릴 때 마음이 편했다. 닉네임인 제로가 마음에 들었다. '0'이라는 숫자에 '없다'라는 의미가 있어서 좋았다. 동그란 모양을 보고 있으면 왠지 모르게 동그란 구멍 안으로 들어가고 싶어졌다. 그 구멍에는 고요한 세상이 존재할 것 같았다. 여기와 다르게 걱정이나 불안이 없는 세상일 거라고 생각했다.

제로는 자신의 이름을 엄마가 지었다는 말을 듣는 순간, 이름을 바꾸고 싶다고 생각했다. 엄마에게서 받은 것들을 버리고 싶었기 때문이다. 받으면 받을수록 빚이 늘어나고, 그러면 엄마를 원망하기 쉽지 않으니까.

제로는 버릇처럼 스케치북에 그림을 그리다가 손을 봤다. 어렸을 때부터 항상 뭔가를 그렸다. 풍경이나 물건을 보면 똑같이 그리기도 했고, 상상으로 그리기도 했다. 언제부터 그림을 좋아하기 시작했는지 생각했다. 어렸을 때 아빠가 집으로 설계 도면을 가져온 적이 있었다. 그때 처음 본 설계 도면에 빠졌다. 사각형과 원형의 도형들이 가득한 그림을 한참 들여다보고, 그것들과 똑같이 그리기 위해 스케치북에 그리고 또 그렸다. 아빠는 그런 제로의 모습을 귀여워하며 좋아했지만, 엄마의 표정은 어두웠다.

제로는 그림 그리는 재능이 있었다. 어떤 사물이든 한 번 보면 똑같이 그렸고, 관찰력이 뛰어나 특징을 잘 찾아냈고, 사람들의 표정도 잘 파악했다. 그런 자신을 자랑스러워했다. 그 일이 있기 전까지는.

그날 이후로 그림을 그리지 않았다. 그러다 고등학생이 돼서 다시 그리기 시작했다. 제로에게 그림은 유일하게 숨 쉴 수 있는 탈출구였다. 손이 많이 굳었다고 생각했는데, 밴쿠버가 손이 빠르다고 말해 줘서 기뻤다. 제로는 밴쿠버도 관찰력이 좋다고 생각했다. 밴쿠버의 그림을 보면 알 수 있었다. 사람들이 놓치는 부분을 보고 특징을 잘 표현했다. 제로는 스케치북에 어렴풋이 기억나는 밴쿠버의 얼굴을 그렸다.

똑똑. 제로는 얼른 스케치북을 덮었다. 문을 살짝 연 채로 엄마가 서 있었다.

"밥 먹어."

"됐어. 배 안 고파."

"그래. 그럼 배고플 때 챙겨 먹어."

제로는 엄마가 밥을 먹으라고 한 번 더 말해 주길 바랐다. 엄마는 늘 저 정도까지만 노력했다. 정말 엄마의 의무만을 수행하는 느낌이었다.

잠시 뒤 현관문이 닫히는 소리가 들렸다. 엄마가 밖으로 나갔다. 제로는 창문을 열고 밖을 내다봤다. 엄마는 검은색 슬리퍼를 신었다. 바지 뒷주머니에는 장바구니가 보였다. 그리고 빠른 걸음으로 아파트 후문 쪽으로 걸어갔다.

제로는 엄마가 밖에 나가면 창문에 서서 엄마의 뒷모습이 보이지 않을 때까지 지켜봤다. 그리고 어디를 가는지 추측했다. 시장에 가는지, 일하러 가는지, 친구를 만나러 가는지, 아니면 그 사람을……

제로는 준비를 마치고 화실에 갔다. 화실 문을 열자 밴쿠버가 보였다. 밴쿠버는 창가에 앉아서 밖을 내다보고 있었다. 자신이 늘 골목 구경을 하던 창가 자리에 밴쿠버가 앉아 있어서 놀랍고 반가웠다.

인기척에 고개를 돌린 밴쿠버는 제로를 보고 반갑게 인사를 했다.

"잘 지냈어? 길거리에 색깔이 참 많아."

"어."

제로는 어색하게 짧은 인사를 하고 호주머니에서 휴대폰을 꺼내 만지작거렸다.

"제로, 저 색깔은 뭐라고 해?"

밴쿠버의 질문에 제로는 밴쿠버 얼굴만 봤다.

"어……. 네가 저번에 색깔을 잘 표현해서 물어봤어. 난 너무 어렵네."

평소라면 그냥 대꾸하지 않거나 짧게 말했을 텐데, 제로는 자리에서 일어나 밴쿠버 옆으로 다가갔다.

"뭘 보고 있었는데?"

"혹시 저기에 서 있는 할머니 보여? 할머니 목에 두른 스카프 색깔, 저 색이 뭘까?"

"연보라."

"뭐라고 해야 하나, 근데 뭔가 딱 연보라 느낌은 아니라서."

"시간이 멈춘 보라."

제로는 속엣말을 무심결에 크게 내뱉고 말았다.

"그래. 딱 그 느낌이야. 너는 색깔만 보는 게 아니구나."

밴쿠버의 말에 제로는 얼굴이 붉어졌다. 밴쿠버가 제로의 마음을 잘 알고 있는 것만 같았다. 사실 제로는 세상의 모든 색깔에는 의미가 있다고 생각했다. 빨간색 옷을 입어도 그 사람의 마음에 따라 장소에 따라 색깔은 다르게 보였다. 제로는 무한한 색의 세계를 알아 가는 일이 즐거웠다. 그래서 세상에서 찾아낸 색들의 이름을 노트에 적어 놓았다. 밴쿠버에게 색깔에 대한 얘기를 해 버려서 한편으로는 부끄러웠지만, 그 점을 알아보는 밴쿠버가 신기했다.

제로가 드로잉을 마치고 짐을 정리하는데, 밴쿠버가 갑자기 반창고를 건넸다.

"이거 써, 아플 텐데."

제로는 종이에 살짝 벤 손가락을 내려다보았다.

"고마워."

밴쿠버는 살짝 미소를 지었다. 인사를 하고 화실을 떠나는 밴쿠버의 뒷모습을 보는데, 제로는 갑자기 붙잡고 싶은 마음이 들었다.

"밴쿠버, 같이 가자."

제로는 밴쿠버와 함께 걸었다. 알고 보니 밴쿠버의 집은 제로의 집과 가까웠다.

"나랑 같은 방향이네. 근데 왜 저번에 휴대폰 찾아 줬을 때는 반대 방향으로 갔어?"

"아, 네가 혼자 걸어가고 싶은 거 같아서."

제로는 또 자신의 마음을 알아챈 밴쿠버 때문에 놀랐다. 지하철역 입구가 가까워지자 아쉬웠다. 밴쿠버와 좀 더 걷고 싶었다.

"안 바쁘면 뭐 좀 마시고 갈래? 내가 좋아하는 카페가 근처에 있어. 좀 걸어야 하긴 하는데."

제로는 밴쿠버가 거절할까 봐 걱정했다.

"그래. 나도 아이스 아메리카노 한 잔 마시고 싶었어."

제로와 밴쿠버는 나란히 천천히 걸었다. 두 사람 모두 말이 없었지만 어색하다기보다는 편했다. 아주 오랜 친구와 걷는 느낌이었다. 제로는 밴쿠버의 옆모습을 봤다. 밴쿠버의 반듯한 콧날이 눈에 들어왔다. 속눈썹이 길고 숱도 많았다. 턱선은 뚜렷한 이목구비와 다르게 부드러워 보였다.

'멋있다.'

제로는 마음속으로 말했다. 멋있다는 말을 하는 순간 제로의 마음이 붉게 물드는 것 같았다.

"더워? 너 얼굴이 빨개졌어."

밴쿠버가 제로를 바라봤다. 제로는 마음을 들키고 싶지 않아서 얼른 다른 얘기를 꺼냈다.

"빨리 걸어서 그런가. 근데 닉네임을 왜 밴쿠버로 지었어?"

"밴쿠버에 살고 싶어서……."

"밴쿠버에 가 본 적 있어?"

"응. 어렸을 때 한 번."

"왜 밴쿠버에서 살고 싶은데?"

"캐나다는 날씨가 추운 나라인데, 밴쿠버는 캐나다에서 날씨가 제일 좋은 도시거든. 바다가 있고, 공원이 많고, 사람이 살기에 참 좋은 곳이지. 그리고 엄청 맛있는 그리스 음식을 파는 가게랑 호두파이를 파는 가게가 있어."

밴쿠버는 밴쿠버 얘기를 할 때 눈에서 빛이 났다. 제로는 가 보지 못한 밴쿠버를 상상해 봤다. 바닷가 앞에 앉아서 그림을 그리고, 공원을 산책하고, 그리스 식당에서 맛있는 음식을 먹고, 호두파이 가게에서 산 호두파이 조각을 밴쿠버와 나눠 먹는 생각을.

"넌 왜 제로야?"

"없어지고 싶어서."

제로는 말을 하고 나서 스스로 깜짝 놀랐다. 누가 닉네임에 관해 물었을 때 솔직하게 대답한 적이 없었다. 그냥 아무 생각 없이 지었다거나, 동그라미 모양이 마음에 들어서 지었다고 얘기했다. 그런데 무의식적으로 밴쿠버에게 솔직하게 말해 버렸다.

"나도 없어지고 싶은데."

밴쿠버의 눈빛에서 슬픔이 보였다. 뭔가 중요한 걸 잃어버린 사람의 눈빛이었다.

"넌 왜 없어지고 싶어?"

제로는 누군가에게 개인적인 질문을 하지 않았다. 제로도 개인적인 질문을 받기 싫어서였다. 개인적인 이야기를 공유했을 때 그 이후의 상황이 더 싫었다. 친한 친구가 생겨서 제로가 속마음을 터놓으면, 그들은 당황하거나 부담스러워했다. 친구들이 듣고 싶어 하는 이야기는 우울하고 심각한 내용이 아니었다. 그런 이야기는 관계를 진지하게 만들고, 진지한 관계는 친구들을 불편하게 만들었다. 그런데 밴쿠버에게 개인적인 질문을 해 버렸다.

"내가 원하는 대로 내 진짜 모습으로 살 수가 없어서, 그럴

바엔 없어지면 좋지 않을까 그런 생각을 가끔 해."

밴쿠버의 솔직한 대답에 제로는 고마운 마음이 드는 동시에 미안했다.

"그러는 넌 왜 없어지고 싶어?"

제로는 솔직하게 말하고 싶었다. 하지만 이야기를 듣고 나면 밴쿠버가 불편해할까 봐, 아무 말도 할 수 없었다.

"대답하기 힘들면 나중에 말해 줘."

제로는 '나중에'라는 말이 좋았다. 앞으로 밴쿠버와 보낼 시간이 계속 있을 거라는 기대가 생겼다. 시간이 좀 더 지나면 밴쿠버에게는 제로의 마음을 있는 그대로 보여 줄 수 있을 것 같았다. 제로와 밴쿠버는 어느새 카페 앞에 도착했다.

7
동호

아이들 함성이 운동장을 가득 메웠다. 체육 대회 인기 종목인 축구 결승전이 진행될 예정이었다. 동호 반이 결승전에 올랐다. 이수와 동호 모두 선수로 뛰었다. 동호는 축구를 잘해서 어떤 포지션이든 상관없었다. 반에서 가장 필요한 포지션을 동호가 맡으면 됐다. 동호는 아직까지 축구 경기에서 진 적이 없었다.

"동호! 오늘도 너만 믿는다. 아빠의 명예를 걸고 파이팅!"

"아, 쫌! 쓸데없는 소리 하지 마."

동호는 어렸을 때부터 축구를 잘해서 축구부에서 탐내는 인재였다. 하지만 정작 동호는 운동선수가 되고 싶지 않았다. 돈과 명예를 누릴 수 있는 운동선수는 정말 소수라는 걸 누구보다 잘 알았다. 동호 아빠도 한때 축구 유망주였고 꽤 유명했다. 아빠는 초등학생 때부터 고등학생이 될 때까지 오로지 축구 하나만 보고 살았다. 그런데 고등학교 2학년 때 경기 중에 크게 다쳤고, 수술과 재활을 반복하다가 결국 축구를 그만두게 됐다. 축구밖에 몰랐던 아빠는 할 줄 아는 게 별로 없었고, 고등학교 졸업 후에 처음으로 취직한 곳이 감자탕 가게였다. 그리고 감자탕만이 살길이라고 생각하며 정말 열심히 일했다. 운동선수로 지내 온 덕에 체력이 좋았고, 밤늦게까지 일해도 피곤한 내색 없이 일했다. 십 년 넘게 그 모습을 본 감자탕 가게 사장님이 동호 아빠에게 분점을 내줬다. 동호 아빠는 작은 가게의 사장님이 됐고, 동호 엄마와 함께 계속 가게에서 바쁘게 일했다. 동호는 바보같이 하나만 보면서 성실하게 사는 아빠가 답답했다.

휘슬이 울리고 축구 경기가 시작됐다. 전반전에 이수가 한 골을 넣었다. 경기 시작 전에 이수는 늘 수비수만 했다면서 공격수 자리를 거절했다. 동호가 보기에 이수는 집중력이 뛰어나고 운동 신경이 좋았다. 그래서 이수에게 정확하게 공을 패스하면 이수가 침착하게 골을 넣을 것 같았다. 결국 동호의 끈질긴 설득 끝에 이수가 공격수를 맡게 되었다. 후반전이 시작되자마자 상대 팀이 골을 넣었다. 상황은 일 대 일 동점이었다. 경기 종료 오 분 전, 동호가 이수에게 깨끗하게 공을 패스했다. 이수가 공을 차려는 순간 상대 팀 선수가 이수의 발목을 걷어찼다. 이수는 얼굴을 일그러뜨리며 발목을 붙잡고 땅바닥에 쓰러졌다. 아이들은 모두 놀라서 이수에게 달려갔다. 상대 팀 아이가 일부러 반칙했는데, 그 아이는 미안해하지 않고 오히려 어처구니없다는 제스처를 취했다.

"일어나, 강이수! 엄살 피우지 마."

상대 팀 아이가 막말을 하자, 동호는 그 아이의 앞을 막아섰다.

"지금 다친 거 안 보여?"

"강이수, 저 새끼 쇼야. 쟤 원래 연기 잘해."

동호는 화가 나서 그 아이의 가슴을 살짝 밀쳤다. 그런데 그 아이가 갑자기 땅바닥에 그대로 넘어지는 척을 했다.

그때부터 아수라장이 됐다. 선수들끼리 멱살을 잡고, 응원하던 아이들도 운동장으로 뛰어나가고, 선생님들은 싸움을 말리기 위해 운동장으로 달려왔다. 그렇게 축구 경기는 중단되었다.

이수는 발목을 심하게 다쳐서 병원에 갔고, 동호는 폭력을 먼저 행사했다는 이유로 교무실에 가게 됐다.

"운동하다가 다칠 수도 있지. 그렇다고 때리면 어떻게 해? 네가 때린 애한테 사과해. 그 애가 문제 삼으면 골치 아파져."

"선생님, 그 녀석이 일부러 이수 발목을 찼어요. 잘못하면 발목이 완전히 나갈 수도 있었단 말이에요. 그리고 전 그냥 살짝 밀쳤는데 그 자식이 쇼하면서 넘어졌어요."

"됐다! 그만 얘기하고 빨리 가서 사과해."

선생님의 말에 동호는 억울했다. 그 애는 경기 내내 이수에게 태클을 걸고 반칙을 했다. 마치 작정이라도 한 듯이 집중적으로 이수만 공격했다. 애들끼리 하는 경기이다 보니 거칠고 반칙도 많지만, 그렇게 노골적인 경우는 거의 없었다. 동호는 그 애가 이수를 다치게 하려고 일부러 공격한 것 같다는 생각이 들었다. 축구 경기가 끝나고 반 친구들에게 들은 얘기로는 그 애 이름은 김성표, 이수랑 중학교 때부터 동창이라고 했다. 동호는 징계를 받더라도 사과하고 싶지 않아서 몰래 학교에서 빠져나왔다. 그리고 이수에게 문자를 보냈다.

— 어디야?

— 방금 집에 왔어.

바로 답장이 왔다.

— 병원에서 뭐래?

— 괜찮아. 깁스했어.

— 깁스했을 정도면 크게 다쳤네. 너 다치게 한 자식 발목을 부러뜨릴까?

— ㅋㅋㅋㅋㅋ

— 푹 쉬어.

— 넌 괜찮아? 담임이 너 불러서 뭐라 했다며.

— 괜찮아. 신경 끄고 얼른 쉬어. 낼 봐!

동호는 휴대폰을 주머니에 넣은 뒤 자전거를 타고 집으로 향했다.

　사실 운동장에서 이수가 쓰러졌을 때 너무 놀랐다. 혹시라도 심하게 다쳤을까 봐 가슴이 철렁 내려앉았다. 이수랑 제법 친해졌다고 생각했지만, 이성을 잃고 바로 김성표와 싸울 줄은 몰랐다. 동호는 학교에서도 이수가 신경 쓰였다. 문득 교실에 혼자 앉아 있는 이수를 볼 때면, 다른 세계에 있는 사람처럼 보였다. 주위는 시끄러운데 이수만 너무 고요해 보였다. 동호는 생각이 많아지자 고개를 흔들고 더 빨리 자전거 페달을 밟았다.

　다음 날, 동호는 일부러 종례가 끝날 때까지 재활용 쓰레기 정리 구역에 있었다. 교실 문을 열자 빈자리 두 개가 눈에 들어왔다. 동호와 이수의 자리였다. 다행히 종례는 끝나서 담임 선생님은 보이지 않았다. 아이들은 가방을 챙기며 집에 갈 준비에 시끄러웠다.

　"종례 언제 끝났어?"

　"종례 없이 끝났어. 야, 너 담임한테 죽었어."

　"무슨 소리야?"

　"김성표가 아주 작정을 했어. 하필 골치 아픈 놈을 건드려서. 그놈이 원래 이수랑 친했는데 둘이 크게 싸운 뒤로 이수가 아예 상대도 안 했대. 그래서 치사하게 저러는 거야!"

　"됐어. 징계받지 뭐. 쫄 게 뭐 있어."

　"담임이 너 오면 바로 교무실로 오라고 했으니까, 얼른 가 봐."

동호는 마지못해 교무실에 갔다. 마침 교무실에서 성표가 나오고 있었다. 성표는 동호를 보자 입술을 실쭉거리며 비웃었다. 동호는 마음 같아서는 제대로 한 대 때리고 싶었지만, 움찔거리는 주먹을 꽉 쥐고 참았다. 그냥 지나쳐서 가려고 하는데, 성표가 시비를 걸었다.

"너희 아빠처럼 사과하면 용서해 줄게. 딱 봐도 네 아빠 돈도 없어 보이던데. 난 네가 이수랑 친해서 우리 정도는 되는 줄 알았어."

동호는 성표의 목덜미를 잡아채서 땅바닥에 넘어뜨렸다. 동호가 주먹으로 성표의 얼굴을 내려치려고 할 때, 동호 아빠가 교무실에서 나와 동호의 팔목을 꽉 잡았다. 담임 선생님은 동호를 성표한테서 겨우 떨어지게 했다.

"선생님, 저를 보자마자 밀치고 때리려고 했어요."

성표의 말에 담임 선생님은 동호에게 버럭 소리쳤다.

"너 이 자식, 깡패야?"

그때 동호 아빠가 동호 앞을 가로막고 선생님에게 말했다.

"선생님, 동호가 잘못했지만, 왜 그랬는지 먼저 물어봐야 하지 않을까요? 동호는 아무 이유 없이 그러지 않아요."

선생님은 동호 아빠의 반응에 놀라서 아무 말도 못 했고, 동호는 입술만 꽉 깨물었다.

"미안해, 학생."

동호 아빠는 성표의 손을 잡으며 사과했다. 성표는 못마땅한 표정을 지으며 손을 뿌리치고 그 자리를 피했다.

학교에서 나온 아빠와 동호는 아무 얘기도 하지 않고 조용히 걷기만 했다. 두 사람은 버스 정류장에서 멈췄다. 동호가 아빠에게 물었다.

"아빠, 가게 안 가?"

"집에. 같이 저녁 먹자."

동호와 아빠는 집으로 돌아왔다. 단둘이 저녁을 먹는 건 정말 오랜만이었다. 동호는 저녁을 먹는 동안 마음이 편하지 않았다. 엄마라면 욕을 하거나 신세 한탄을 하며 동호를 혼냈을 텐데, 아빠는 평소처럼 가게와 누나에 대한 일상적인 얘기만 했다. 저녁을 다 먹고 동호는 방에 들어와서 휴대폰으로 게임을 했다. 그런데 게임에 집중할 수 없었다. 열린 문틈으로 아빠가 분주하게 움직이는 소리가 들리고 현관문이 닫히는 소리가 들렸다. 동호는 방에서 나와 아빠가 나간 현관문을 봤다. 현관에 있는 아빠의 새 구두가 눈에 들어왔다. 발이 아프다며 잘 신지 않은 구두인데, 아빠는 오늘 이 구두를 신었다. 동호는 아빠의 새 구두에 묻은 모래를 손으로 털어 냈다.

그때 휴대폰으로 아빠에게 문자가 왔다.

— 싸움을 피할 수 없을 때도 있지, 소중한 친구를 위해서라면,

8
제로

제로는 드로잉 모임이 끝나면 밴쿠버와 함께 집에 갔다. 둘은 집으로 돌아가는 길에 이런저런 얘기를 나눴다. 제로는 얘기를 많이 하는 편이 아닌데, 이상하게 밴쿠버와 있으면 편하게 얘기했다. 제로가 무슨 얘기를 하든 밴쿠버는 귀 기울여 들었다. 재밌는 얘기를 하면 함께 웃었고, 심각한 얘기를 하면 같이 고민했다. 제로는 그런 밴쿠버가 좋았다. 그래서 밴쿠버를 보면 더 많은 얘기를 하고 싶었다. 이제 제로는 습관처럼 참여했던 드로잉 모임을 손꼽아 기다리게 됐다. 설레는 마음으로 달력에 표시한 날짜를 다시 확인했다. 이번 주 드로잉 모임은 없었다. 대신 다른 일정이 있었다. 지난주 드로잉 모임 시간에 캡틴이 공지했다.

"그림 동호회 연합으로 펼치는 대회가 있어요. 아시다시피 이름 있는 분들이 심사하고 상금도 있으니까 우리 모임 분들이 참여해서 수상의 영광을 갖길 바랍니다. 수상작은 인터넷 포털 사이트 메인에 걸리니까 홍보도 될 거예요."

인터넷 사이트에는 수십 개의 그림 동호회가 있고 동호회 회원들은 누구나 대회에 참가할 수 있었다. 수상자에게 상금을 줄 뿐 아니라, 소속 동호회에도 지원금을 줬다. 누군가는 진지하게 누군가는 가볍게 참여하는 대회였다. 개인 및 팀으로 지원이 가능한데, 밴쿠버가 제로에게 함께 대회에 그림을 출품하자고 했다. 제로는 고민도 하지 않고 그러자고 대답해 버렸다.

달력에 표시된 날은 바로 내일이었다. 밴쿠버와 함께 온종일 작업을 하기로 한 날이다. 캡틴이 개인 작업실을 빌려주면서 제로와 밴쿠버를 놀렸다. 둘이 사귀냐, 아님 썸 타는 사이냐며. 그런 얘기를 들을 때면 제로는 얼굴이 붉어지고 민망해서 어디로 숨고 싶어졌는데 밴쿠버는 그저 웃기만 했다.

제로는 밴쿠버와 단둘이 있을 생각을 하니 긴장되고 설렜다. 뭘 해도 집중이 안 돼서 부엌으로 갔다. 식탁 위에 엄마가 준비해 놓은 간식이 있었다. 제로는 간식에 손대지 않고 냉장고 문을 열었다. 여러 가지 반찬통들 중에 새로 만든 콩자반이 보였다. 어렸을 때 제로는 엄마가 만들어 준 콩자반을 제일 좋아했다. 지금은 손도 대지 않지만. 제로는 먹지도 않는 콩자반을 엄마가 왜 만드는지 이해할 수 없었다. 엄마가 특별히 제로만을 위해서 만든 반찬은 더 손대지 않았다. 제로는 음료수만 꺼낸 후 냉장고 문을 닫고 방으로 들어왔다. 엄마에 대해 생각하고 싶지 않았다. 달력을 바라보며 내일이 오기만을 기다렸다.

다음 날, 제로는 약속 시간보다 빠르게 캡틴의 작업실에 도착했다. 살짝 열린 작업실 문틈으로 그림 그리는 밴쿠버가 보였다. 제로는 문 앞에 서서 잠시 밴쿠버의 모습을 지켜봤다. 미간을 찌푸리며 스케치에 집중하는 밴쿠버의 얼굴이 오늘따라 달라 보였다. 제로는 문을 열고 들어갔다.

"빨리 왔네. 뭐 그리고 있었어?"

제로의 질문에 밴쿠버는 그림 그리던 수첩을 덮었다.

"나도 좀 전에 왔어."

"항상 수첩에 뭘 그리던데, 나도 보여 줘."

"별거 아니야. 대충 스케치하는 거야."

"네가 그림으로 유명해지면 나중에 그 수첩이 비싼 가격에 팔릴 수도 있어."

"이건 그냥 다이어리야."

제로의 말에 밴쿠버는 웃으며 대답했다. 제로는 밴쿠버의 겸손한 태도가 좋았다. 제로가 알고 있는 그림 잘 그리는 아이들은 어깨에 힘을 주며 으스대는 경우가 많았는데, 밴쿠버는 그러지 않았다. 오히려 자신을 낮추며 더 노력해야 된다는 얘기를 했다.

"여기 생각보다 좋다."

"그러게. 엉망일 줄 알았는데 깨끗해."

"밴쿠버, 아침 먹었어?"

"아니. 그냥 왔어."

제로는 가방에서 샌드위치를 꺼내 밴쿠버에게 건넸다.

"고마워. 배고팠는데 잘 먹을게."

밴쿠버는 포장지를 벗기고 샌드위치를 한입 크게 베어 물었다. 그리고 배고팠는지 입술 주변에 소스를 묻힌 채 말없이 먹기만 했다. 아이처럼 먹는 밴쿠버가 귀여웠다. 제로는 피식 웃음이 났다.

"왜 웃어? 제로."

제로는 휴지를 꺼내 밴쿠버 입술 주변을 닦아 줬다. 그때 밴쿠버의 얼굴이 순간 빨개졌다. 제로는 얼른 손을 내렸고 어색한 나머지 자리에서 일어났다.

"내가 너무 지저분하게 먹었지?"

밴쿠버는 머쓱해하며 말했다.

"아니, 귀여워."

제로는 자기도 모르게 내뱉은 말에 깜짝 놀랐다. 밴쿠버는 헛기침을 하며 고개를 돌렸다. 제로는 어색한 상황을 벗어나기 위해 쓸데없는 말을 했다.

"네가 남동생 같아서 그래."

제로는 말을 하면 할수록 분위기가 이상해져서 당황스러웠다. 그런 마음을 알았는지 밴쿠버는 제로의 어깨를 가볍게 토닥거리며 말했다.

"고맙습니다, 누나. 이러면 되지? 자, 이제 작업하자."

제로는 밴쿠버가 자연스럽게 받아 줘서 다행이라고 생각했다. 둘은 대회에 보낼 작품을 마무리하기 위해 열심히 작업했다. 밴쿠버는 휴대폰을 블루투스 스피커에 연결해서 음악을 틀었다.

"내가 제일 좋아하는 노래야."

맑고 부드러운 일레븐의 노래가 흘러나왔다.

내가 보는 풍경마다

내가 듣는 노래마다

내가 가는 거리마다

그대 얼굴이 있어요

그대 목소리가 있어요

그대는 언제나 나와 함께 있어요

제로는 노래를 흥얼거리는 밴쿠버를 봤다. 밴쿠버를 만난 후로 흑백이었던 자신의 일상이 여러 색으로 물들었다. 좋은 걸 보면 밴쿠버가 떠올랐고, 밴쿠버가 웃어 주면 위로가 됐다. 밴쿠버가 닫혀 있던 제로의 마음을 조용히 두드렸고, 제로도 밴쿠버의 마음을 두드리고 싶었다.

밤이 돼서야 작업이 끝났다. 제로와 밴쿠버는 완성된 작품을 보고 하이파이브를 하며 기뻐했다.

"제로, 끝났어! 배고픈데 우리 뭐라도 먹고 가자."

"응. 배고파서 쓰러지겠어."

제로와 밴쿠버는 밖으로 나와 거리를 걸었다. 둘 다 처음 온 동네라서 어디로 가야 할지 몰랐다. 길 건너편에 음식점 간판 몇 개가 보였다.

"저쪽에 뭐가 많네. 일단 길을 건너자."

신호등이 초록색으로 바뀌고 숫자가 줄어들고 있었다. 밴쿠버는 제로의 손을 잡고 횡단보도를 건넜다. 그러고 나서 숨을 크게 들이쉬고 말했다.

"휴, 건넜다."

제로는 잡고 있던 밴쿠버의 손을 얼른 놓았다. 밴쿠버는 아무렇지 않게 앞쪽으로 걸어가며 음식점을 둘러봤다. 제로는 밴쿠버가 잡았던 오른손을 점퍼 주머니에 넣었다. 제로의 심장이 쿵쿵 뛰었다. 갑자기 달려서 그런 건지, 아니면 손에 남아 있는 밴쿠버의 온기 때문인지 알 수 없었다.

밴쿠버는 어떤 가게 앞에 서서 제로를 불렀다.

"제로, 여기야."

제로는 밴쿠버에게 걸어가다 무심코 건너온 횡단보도 쪽을 돌아봤다. 그곳에 익숙한 사람이 보였다. 제로 엄마였다.

'엄마가 왜 여기에 있지?'

제로는 발끝부터 그림자가 드리워지는 느낌을 받았다. 그리고 움직이지 않은 채 엄마를 지켜봤다. 엄마는 휴대폰을 보고 있어서 건너편에 있는 제로를 보지 못했다. 그때 엄마 뒤쪽으로 누군가 걸어왔다. 그 사람이었다. 제로는 손에 들고 있던 가방을 땅바닥에 툭 떨어뜨렸다. 밴쿠버가 제로에게 달려왔다.

"제로, 왜 그래?"

때마침 제로 엄마가 서 있던 자리에 버스가 멈춰서 건너편 쪽을 볼 수 없었다. 횡단보도의 신호는 빨간불이었지만, 제로는 아랑곳하지 않고 건너려고 했다. 그러자 밴쿠버가 황급히 제로의 팔을 잡아당겼다.

"너 미쳤어?"

"놔! 놓으란 말이야."

멈춰 있던 버스가 지나가자 엄마와 그 사람은 사라지고 없었다. 제로는 그대로 주저앉으며 울어 버렸다. 다시는 엄마 때문에 울고 싶지 않았다. 그동안 계속 잘 버텼는데, 한순간에 이렇게 무너질지 몰랐다. 엄마와 그 사람을 다시 본 순간, 과거의 그 시간과 장소로 옮겨진 것 같았다. 꿈에서만 봤던 장면이 현실로 나타났다. 칠 년이라는 시간이 흘렀지만, 제로는 또렷하게 기억했다. 자기를 외면한 엄마를.

"나 여기 있고 싶지 않아."

"알았어. 그럼 집에 갈래?"

밴쿠버는 제로를 부축해 일으켰다.

"아니. 집은 가기 싫어."

"그래. 잠깐만."

밴쿠버는 택시를 잡고 제로를 차에 태웠다.

"아저씨, 보문동 하늘 공원으로 가 주세요."

택시는 한적한 도로를 지나 굽이굽이 이어진 길을 따라 올라갔다. 택시가 멈추자 서울의 야경이 눈앞에 펼쳐졌다. 택시에서 내린 제로는 주위를 둘러봤다. 곳곳에 벤치가 놓여 있는 작은 공원이었다. 서울의 풍경을 다 볼 수 있는 곳으로 자리를 잡았다. 그리고 한참 동안 서울의 야경을 내려다봤다.

"미안해. 갑자기 이상하게 굴어서."

"괜찮아."

제로는 밴쿠버에게 미안하고 고마웠다. 자기 때문에 당황했을 텐데 밴쿠버는 아무 이유도 묻지 않고 조용히 제로 옆에 있었다.

"넌 왜 아무것도 안 물어?"

"얘기하고 싶을 때 얘기해. 말하지 않아도 되고. 누구나 쉽게 말할 수 없는 일이 있지 않을까?"

제로는 밴쿠버의 눈에서 슬픔을 보았다.

"아까 거기서 엄마를 봤어. 엄마를 보고 또……."

제로는 지금까지 그 사람의 존재를 아무에게도 말하지 않았다. 제로가 입 밖으로 꺼내는 순간, 그 말이 진짜 사실이 될 것 같아서 두려웠다. 하지만 오늘은 그냥 말하고 싶었다.

"초등학교 3학년 때부터 엄마랑 아빠가 자주 다퉜어. 언제부턴가 아빠는 매일 술을 마셨고, 그것 때문에 엄마는 자주 화를 냈어. 아빠는 엄마가 화를 내면 더 술을 마셨고, 그런 날이 반복됐어. 그때 아빠가 너무 미웠어. 엄마가 얼마나 힘들까 생각했지. 그런데……."

제로는 계속 말을 잇지 못하고 고개를 숙였다. 그날의 기억이 생생하게 떠올랐다. 다시는 생각하고 싶지 않은 그날이.

"그날 밤도 엄마랑 아빠가 크게 다퉜고 엄마가 밖으로 나가 버렸어. 엄마가 다시는 돌아오지 않을까 봐 나는 엄마를 쫓아서 달려 나갔어. 엘리베이터를 탄 엄마를 붙잡고 가지 말라고 엉엉 울었는데, 엄마는 날 밀어냈고 엘리베이터 문은 닫혔어. 난 계단으로 뛰어 내려갔는데 엄마는 보이지 않았어. 그 자리에서 계속 울면서 엄마가 영영 떠나 버렸다고 생각했어. 그래도 다시 엄마가 올까 봐 길가에서 기다렸어. 새벽이 될 때까지. 한참을 기다렸는데 엄마가 처음 보는 아저씨랑 낯선 차에서 내렸어. 그 아저씨가 엄마의 손을 꼭 잡았어. 엄마의 표정과 그 사람의 표정이 분명하게 보였어. 애틋했어. 그때 난 그냥 도망쳐 버렸어. 집에 들어와서 방문을 잠그고 잠든 척했어. 엄마가 현관문을 열고 들어왔고 술 취한 아빠의 목소리가 들렸어. 엄마한테 떠나지 말라고 애원했어. 바보같이."

제로는 말을 마치고 눈물을 흘렸다. 밴쿠버는 제로의 어깨를 토닥이며 말했다.

"많이 힘들었겠다."

그때쯤 제로 할머니가 갑자기 쓰러져서 병원에 입원했다. 제로 아빠는 술을 끊고 할머니를 지극정성으로 병간호했다. 퇴원 후 할머니를 집으로 모셔 왔고 할머니가 돌아가실 때까지 옆에서 간호했다.

할머니는 제로에게 자주 말했다. 제로 아빠처럼 착한 사람은 세상 어디에도 없다고, 엄마 옆에 아빠가 있어서 마음이 편하다고. 제로는 할머니가 그 얘기를 할 때마다 눈물이 났다. 엄마는 왜 착한 아빠를 좋아하지 않는지, 아빠와 자기는 소중하지 않은지. 할머니의 장례식이 끝난 뒤로 제로 엄마는 달라졌다. 엄마가 아빠에게 최선을 다하는 모습이 보였고, 아빠는 그런 엄마에게 고마워했다. 그런데 제로는 엄마가 언제든지 떠날 수 있는 사람이라고 생각했다.

"시간이 지나도 괜찮아지지 않는 게 있어. 아픈데 안 아프다고 할 수 없잖아. 그래도 우리가 더 나이가 들면 지금보다 덜 아프지 않을까. 괜찮아, 제로."

밴쿠버는 제로를 집에 데려다주며 말했다.

제로는 잠들기 전에 혼잣말을 했다.

"괜찮아, 제로."

9
도서관

드디어 2부가 끝났다. 책을 덮는 순간 계단 쪽에 사서가 나타났다. 사서는 천천히 우리에게 걸어왔다.

"책은 다 읽었나? 책을 계속 읽고 싶은가, 아니면 멈추고 싶은가?"

"읽고 싶지 않아요. 저는 그만 읽고 싶어요."

그 애는 고개를 흔들며 말했다.

"이 책에 나온 얘기가 우리랑 관련 있나요?"

나는 사서에게 물었다. 망토 때문에 사서의 표정이 잘 보이지 않았지만, 그의 입꼬리가 살짝 올라가는 건 보였다.

"답이 궁금한가?"

사서는 천천히 다가와 내 손에 있는 책을 뺏어 들더니 책을 펼쳤다.

"답은 이 안에 있고 너도 이미 알고 있다. 다만, 네가 피하고 싶을 뿐이지. 책을 끝까지 읽어야 네가 원하는 답을 얻을 수 있다."

사서는 책을 돌려주고 사라져 버렸다. 나는 사서의 말이 도대체 무슨 뜻인지 이해가 안 됐다.

"우리가 이미 알고 있다니. 그게 무슨 말이야?"

"넌 책 읽으면서 이상한 점 못 느꼈어?"

그 애는 답답해하는 나에게 물었다.

"읽는 내내 어떤 감정이 느껴지긴 했는데, 그게 뭔지 설명을 못 하겠어."

"책에 있는 얘기가 낯설지 않아. 내가 겪은 일처럼. 조금씩 어떤 장면이 떠올랐어. 조각조각. 너는 기억 안 나?"

나는 기억나는 게 없었다. 하지만 이수라는 아이의 이름이 나오면 이상하게 가슴이 찌릿했다. 그 애 말대로 이 책에 나오는 이야기가 내 얘기일지도 몰랐다. 그런데 왜 내 이야기를 책으로 읽어야 하는지 알 수 없었다. 의문이 깊어질수록 이곳에 대한 궁금증도 커졌다.

"만약 내가 정말 책 속의 저 여자애였다면 지금이 더 좋을지도 몰라. 기억이 없어서 슬픔도 괴로움도 없으니까."

그 애가 말했다.

"아무것도 모르는 게 더 나을까? 난 알고 싶어. 그게 좋든 나쁘든."

"네 책에 있는 아이는 행복한가 보네."

"글쎄, 아직 잘 모르겠어."

"난 네 얘기가 더 궁금해. 내 얘기보다."

그 애는 내 책을 보며 말했다.

"자기 얘기를 읽으면 불편할 수 있어. 원래 남의 얘기가 더 재미있잖아."

"맞아. 원래 남의 얘기가 더 재미있지."

우리는 서로의 말에 동의하며 웃었다.

"이 책을 계속 읽어야겠지? 멈추지 않고?"

"응, 그래야지."

내 말에 그 애도 동의했다.

"앞으로 무슨 내용이 나올지 모르지만, 끝까지 읽어 보자. 책을 다 읽으면 분명 우리가 왜 여기에 왔는지, 왜 기억이 없는지 알 수 있을 거야. 슬프고 힘든 일만 있는 사람은 없어. 행복한 기억이 하나도 없다면 괴로움도 못 느끼지 않을까."

"나도 힘내서 읽어 볼게. 우울하지만, 그래도 행복하고 따뜻한 얘기도 있겠지."

그 애는 애써 괜찮은 척하며 말했다.

"읽다가 힘들면 얘기해. 어쩌면 내가 먼저 힘들다고 말할지도 몰라."

나는 다시 책을 펼쳤다.

10
제로

제로는 밴쿠버에 대해 알고 싶어졌다. 밴쿠버는 자기 얘기를 거의 하지 않았다. 주로 제로가 얘기하고 밴쿠버는 듣기만 했다. 제로는 종이를 꺼내 궁금한 것들을 적었다.

밴쿠버에 대해 알고 싶은 모든 것
1. 좋아하는 음식
2. 싫어하는 음식
3. 어른이 되면 하고 싶은 일
4. 좋아하는 색깔
5. 가장 가고 싶은 여행지
6. 가장 좋아하는 가수

그러다 마지막 질문에서 멈췄다.

50. 좋아하는 사람

제로는 심장이 쿵 내려앉았다. 만약에 좋아하는 사람이 있다면 어떻게 행동해야 할지 몰랐다. 제로는 고개를 흔들었다. 캡틴의 말에 정색하면서 대꾸도 안 했지만, 제로는 캡틴의 말을 믿고 싶었다.

"아무리 봐도 밴쿠버가 널 좋아하는 게 분명해. 내가 저 녀석을 오래 봤는데 여자애랑 친하게 지내는 모습을 처음 봤어. 저 까다로운 놈이 너한테 먼저 대회에 같이 참가하자고 했잖아. 그리고 무엇보다 너랑 다닌 후로 자주 웃어."

그 뒤로 제로는 조심스럽게 생각도 해 봤다.

'혹시 밴쿠버가 나를 좋아할까.'

하지만 괜한 기대를 하고 싶지는 않았다. 밴쿠버와 함께하는 시간이 제로에게는 소중하고 행복했기 때문이다. 만약 밴쿠버의 마음이 예상과 다르다면 사이가 멀어질까 걱정됐다.

두 달 뒤 그림 대회 결과가 나온다. 발표 날이 마침, 제로의 생일이었다. 제로는 그날 밴쿠버에게 고백하기로 마음먹었다.

11
동호

　동호는 벨을 누르기 전에 크게 심호흡을 했다. 초등학교 졸업 이후로 친구 집에 놀러 간 적이 거의 없어서, 막상 들어가려니 너무 어색했다. 더구나 동호는 주택에서만 살았기 때문에 고층 아파트 단지에 들어오면 낯설고 답답했다. 단지 입구에서 이수 집을 찾는 데 꽤 시간이 걸렸다. 아파트 벽면에 숫자만 다르게 적혀 있을 뿐, 동호 눈에는 모두 똑같은 건물처럼 보였다. 미로에서 출구를 찾듯 동호는 건물에 적힌 숫자들을 확인하며 단지 안을 헤맸다. 이수가 사는 동을 겨우 찾았고 공동 현관에서 벨을 눌렀다. 다시 엘리베이터를 타고서야 이수네 집 현관문 앞에 도착했다. 조심스럽게 벨을 눌렀다. 몇 초 지나지 않아 현관문 열리는 소리가 났다.

　"문 열렸어, 들어와!"

이수의 목소리였다. 동호는 머뭇거리다가 열린 문 안으로 들어갔다. 현관에서 신발을 벗지도 못하고 쭈뼛쭈뼛하는데, 이수 엄마가 활짝 웃으며 동호를 반겼다.

"네가 동호구나! 동호는 키도 크고 듬직하네. 이수는 거실에 있어."

동호는 이수 엄마를 보자마자 '환하다'라는 말이 떠올랐다. 동호 엄마랑은 전혀 다른 느낌이었다. 동호 엄마는 동네 사람들이 말하는 것처럼 장군 같은 느낌이었다. 가게에 이상한 손님이 오면 아빠보다 엄마가 더 잘 상대했다. 아빠는 뭐든 좋게 넘어가거나 손해 보는 입장이라면, 엄마는 따지기도 잘하고 싸움도 잘했다. 동호가 보기에 이수 엄마는 드라마에서 보는 부드럽고 상냥한 엄마처럼 보였다. 이수 엄마는 집에서도 옷을 예쁘게 입고 있고 반짝이는 액세서리도 했다. 동호는 이수 엄마 뒤를 따라갔다. 이수는 거실 소파에 앉아 있었다. 거실은 깨끗하게 정돈되어 있고 오디오에서 잔잔한 클래식 음악이 흘러나왔다. 동호는 자기 집 거실을 떠올렸다. 소파 놓을 자리가 없을 정도로 좁았고, 정리되지 않는 물건들이 여기저기 흩어져 있었다. 감자탕 가게는 깨끗하게 운영했지만, 정작 집은 두 분 다 피곤하다는 이유로 정리를 잘 못했다.

"동호야, 뭐 해? 여기 와서 앉아. 집에 오라고 해서 미안해. 내가 아직은 걷기가 불편해서."

동호는 딴생각하다가 이수의 말에 정신이 번쩍 들었다.

"너 때문에 너무 귀찮아. 오라 가라 하고 말이야. 발은 좀 어때?"

"깁스했더니 답답해."

이수 엄마는 쟁반에 예쁘게 자른 과일과 투명한 유리잔에 음료수를 담아 왔다.

"이수를 혼자 두고 가야 해서 걱정했는데, 같이 있어 줘서 고마워."

"아니에요. 괜찮아요."

"동호 엄마한테 전화해도 될까? 고맙다고 말씀드려야지."

"엄마는 제가 없는 줄도 모를…….."

이수는 동호의 팔을 툭 건드렸다.

"아, 엄마는 괜찮다고 하셨어요. 전화 안 하셔도 돼요. 지금 좀 바쁘세요."

"그래. 그럼, 다음에 인사드릴게."

연휴 동안 이수 가족들은 해외여행을 갈 계획이었다. 이수는 다리 때문에 갈 수 없었다. 이수와 이수 엄마가 얘기를 나누는 동안, 동호는 이수 방에 들어갔다. 벽면을 가득 채울 만큼 큰 세계 지도가 붙어 있었다. 동호는 이렇게 큰 지도를 처음 봐서 놀랐다.

그때 누가 동호의 어깨를 꽉 잡았다. 뒤를 돌아보니 이수 아빠가 서 있었다. 이수 아빠는 키도 크고 덩치도 컸다. 이수는 아빠보다 엄마를 닮은 것 같았다.

"이수 친구니? 체격을 보니 운동 좀 한 것 같구나. 체력이 아주 중요해. 체력이 없으면 뭐든 쉽게 포기해 버려."

"안녕하세요."

"이 지도에서 네가 가 본 나라는 어디니?"

동호는 사실 해외여행을 가 본 적이 없었다. 제주도 갈 때 비행기를 타 본 게 전부였다. 잠시 망설이다가 거짓말로 캐나다라고 말했다.

"캐나다 좋지! 땅도 넓고 공기도 좋고."

"아, 네."

"지도를 봐라, 세상은 넓어. 남자는 말이야. 꿈이 커야 해. 그래야 사는 세상도 커지는 법이지."

동호는 이수 아빠의 자신감 넘치는 모습이 멋져 보였다. 말과 행동에서 당당함이 느껴졌다. 사실 동호는 세계, 꿈, 성공 이런 단어를 아빠에게서 들어 보지 못했다. 동호 아빠는 감사, 진심, 성실 같은 말만 했다.

이수 아빠는 동호를 데리고 서재로 갔다. 그리고 책상에 앉아서 서랍을 열었다.

"잠깐만."

이수 아빠의 서재는 양쪽 벽면에 책이 가득했다. 도서관 한쪽을 떼어다가 집에 옮겨 놓은 것 같았다. 책의 제목을 읽어 보는데 한글, 한자, 알파벳이 골고루 섞여 있었다. 동호는 책 제목을 눈으로 보다가 이수 아빠에게 물었다.

"혹시 여기 있는 영어 책도 읽으세요?"

책상 서랍을 닫으며 이수 아빠는 크게 웃었다. 동호는 자신이 바보 같은 질문을 한 것 같아 창피했다.

"읽을 수 있으니까 여기 있겠지? 자, 이거 선물이다."

"고맙습니다."

이수 아빠는 검은색 부드러운 천으로 싸여 있는 작은 직사각형 상자를 동호에게 건넸다. 동호는 상자 뚜껑을 열었다. 은색의 반짝이는 펜 하나가 들어 있었다. 동호가 학교에서 자주 쓰는 펜이랑은 달라 보였다. 펜은 꽤 묵직했다. 뚜껑을 열어 보니 만년필이었다.

"어른이 되면 문서에 서명할 일이 점점 많아져. 어떤 펜을 쓰느냐에 따라 그 사람의 품격이 보인단다. 이수랑 너도 그런 품격 있는 사람이 돼야지."

동호는 손에 쥔 만년필이 더 무겁게 느껴졌다.

"아빠, 빨리 가셔야 돼요."

이수가 방문 앞에 서서 아빠를 불렀다.

그렇게 이수 부모님은 여행을 떠나고 집에는 이수와 동호만 남았다. 이수는 소파에 누워서 책을 읽고, 동호는 거실 바닥에 엎드려 휴대폰 게임을 했다.

"이수야, 너희 아빠 무슨 일 하셔? 서재에 가 보니까 영어로 된 책이 많던데."

"회사에서 해외 마케팅을 하셔."

"오, 멋지다. 뭔가 성공한 사람의 포스가 느껴졌어. 넌 좋겠다."

동호의 말에 이수는 책을 읽다가 멈췄다.

"글쎄. 좋은지 잘 모르겠다."

"네가 우리 집에서 살아 봐야 알 텐데, 원래 있는 놈은 잘 몰라."

이수는 소파에서 일어나 거실에 있는 수족관 앞으로 갔다. 그리고 물고기 밥을 주면서 얘기했다.

"넌 이 물고기들 중에 뭐가 맘에 들어?"

동호도 일어나서 수족관 앞에 앉아 물고기들을 살펴봤다.

"이 녀석이 맘에 드는데? 색깔도 멋지고 활기차다."

"너도 아빠랑 같네. 난 저기 밑에 조용히 있는 애가 좋아."

"그놈이 제일 작네. 눈에도 잘 안 띄고."

이수는 수족관을 한참 보고 있다가 말했다.

"아빠한테 가족은 이 수족관 같아. 남들에게 자랑하고 싶은 멋진 수족관. 난 아빠가 주는 먹이를 먹고 사는 물고기야. 아빠 통제 밑에서 살아야 해. 우리 형은 아빠에게 가장 사랑받는 물고기야. 사람들에게 자랑하기 좋은 물고기지. 형은 아빠가 바라는 대로 컸고 아빠가 원하는 대학에 입학했어. 엄마도 마찬가지고. 아빠 눈에 거슬리거나 마음에 들지 않으면 우리는 그대로 수족관 밖으로 버려질 거야. 그 사실을 우리 가족은 너무 잘 알고 있어."

동호는 이수의 얘기를 듣고 나자, 크고 화려한 수족관이 갑자기 답답해 보였다.

"깡이수, 넌 여기에 사는 물고기가 아니잖아. 넌 어디든지 갈 수 있어."

동호는 이수의 어깨를 툭 치며 말했다.

"야, 배고프다. 치킨이나 시켜 먹자."

둘은 저녁으로 치킨을 먹고 편하게 쉬었다. 배가 부른 동호는 소파에 누웠고, 금방 잠이 들었다.

휴대폰 알림이 울리자, 이수는 동호를 흔들었다.

"동호야, 일어나 봐. 우리 여행 가자."

동호는 눈을 비비며 똑바로 서 있는 이수를 봤다. 이수는 환하게 웃으며 발을 올렸다 내렸다 했다.

"뭐야? 너 깁스 어디 갔어?"

"사실 다리 멀쩡해. 시간 얼마 안 남았어. 얼른 출발하자. 짐은 내가 다 챙겨 놨어."

동호는 얼떨결에 이수를 따라나섰다. 둘은 고속버스를 타고 여행을 떠났다. 새벽 첫차여서 버스 안은 어둡고 조용했다. 버스가 고속도로로 들어섰고 창밖은 깜깜했다. 한참을 달리다 보니 바다가 보였다. 동호는 여행 온 게 실감이 났다. 그제야 이수에게 어떻게 된 일이냐고 물었다. 이수는 가족 여행을 가지 않으려고 일부러 깁스를 했다고 말했다. 그리고 찬규한테 가짜 깁스를 빌려서 이번 일을 계획한 거였다.

"너 이렇게 몰래 여행해도 되냐?"

"어차피 부모님은 지금 비행기 안이라서 나한테 연락 못 하셔. 걱정하지 마."

"근데 내가 안 간다고 하면 너 혼자라도 갈 생각이었어?"

"당연히 넌 간다고 생각했지. 의리의 똥호잖아."

"아무 데나 의리 갖다 붙이지 마."

"매일 집 벽, 학원 벽, 독서실 벽만 보고 살았는데, 바다 보니까 속이 시원하다!"

이수는 신이 난 어린아이처럼 즐거워했다. 가방에서 카메라를 꺼내 창밖의 바다를 찍고 투덜거리는 동호의 옆모습도 찍었다.

둘은 점심때가 되어서야 목적지에 도착했다. 그리고 바다를 보기 위해 해변 쪽으로 걸어갔다. 해변에는 사람이 많지 않았다. 꼬마들이 파도가 치면 까르르 웃으며 바다로 달려갔다가 다시 모래사장으로 도망가는 모습이 보였다. 어른들 몇몇은 바다에 발만 담그고 사진을 찍었다. 동호도 오랜만에 바다를 봐서 기분이 좋았다. 눈까지 시원해졌다. 동호는 바다에 들어가고 싶었다. 모래사장에 앉아서 바다만 보고 있는 이수에게 말했다.

"수영하자!"

"너무 차갑지 않을까? 수영복도 없고."

"옷이야 말리면 되지. 여기 온 기념으로 입수다!"

동호는 신발과 양말, 티셔츠를 벗어 던졌다. 이수도 잠시 망설이다가 일어나서 신발을 벗었다.

"자, 하나 둘 셋! 출발!"

동호는 소리를 지르며 바다로 뛰어갔다. 이수도 동호 뒤를 따라 바다로 뛰어들었다. 차가운 바닷물 때문에 깜짝 놀랐지만, 동호는 금방 적응해서 수영을 즐겼다. 이수는 눈을 감고 흔들리는 파도에 몸을 맡겼다. 잠수를 하며 한참 놀던 동호가 이수 쪽으로 왔다. 그리고 바다 위에 떠 있는 이수를 흔들었다.

"이수야!"

이수는 눈물을 흘리고 있었다.

"왜 그래?"

"어, 눈이 너무 따가워서."

"맨날 어두운 독서실에만 있다가 햇빛을 보니까 네 눈이 깜짝 놀라지."

동호는 이수를 놀리듯이 말했다.

"이수야, 저기 멀리까지 가 보자."

동호가 수심이 깊어 보이는 곳으로 가려고 하자, 이수가 동호의 팔을 잡았다.

"쫄기는. 더 멀리 가려니까 무섭냐? 나만 믿어."

동호는 이수의 손을 잡고 같이 더 먼 곳으로 향했다.

바다에서 한참 놀다 나온 둘은 모래사장에 누워서 휴식을 취했다. 해변에서 배구를 하는 사람들이 둘에게 함께 하자고 했다. 동호는 흔쾌히 승낙했고, 이수는 쉬고 싶다고 했다. 그래서 동호만 배구를 했다. 그러다가 이수가 있는 쪽을 봤다. 이수는 혼자 바다를 보고 있었다. 이수가 무슨 생각을 하는지 모르겠지만, 편해 보였다. 그때 동호가 놓친 배구공이 이수 쪽으로 굴러갔다. 이수가 웃으며 동호에게 배구공을 던졌다. 동호는 이수의 웃는 모습을 보며 이수가 지금처럼 자주 웃길 바랐다.

여행을 다녀온 뒤로 동호와 이수는 함께하는 시간이 많아졌다. 독서실도 함께 다니고 저녁에는 찬규 삼촌이 운영하는 격투기 체육관에서 운동도 했다. 동호는 이수 덕분에 공부에 흥미가 생겼다. 계속 공부를 하면 대학에 진학할지도 모르겠다는 생각이 들었다. 동호 친구들은 동호와 이수가 친하게 지내는 걸 좋아하지 않았다. 항상 피시방과 노래방을 어울려 다녔는데, 동호는 주말에만 피시방에 얼굴을 비칠 뿐이었다. 동호 친구들은 동호를 걱정했다.

"이수 같은 녀석이 너랑 왜 놀겠냐. 머리 좋은 녀석들은 다 목적이 있어."

동호는 친구들의 말을 귀담아듣지 않았다. 딱히 이수에게 득이 될 게 없었다. 오히려 동호가 이수 덕을 봤다. 이수랑 친하다는 이유로 독서실 총무가 친절하게 대해 주고, 같은 반 아이들의 태도가 달라졌다. 동호는 사람이 사람을 만나 친구가 되는 데 이유 따윈 없다고 생각했다. 서로 마음을 나누면 우정이 생기고 그러면서 친구가 된다고 믿었다. 그리고 이수는 동호가 지금까지 친하게 지냈던 친구들과는 달랐다. 생각이 깊은 형 같을 때도 있지만, 어떤 면에서는 동생 같아서 챙겨 주고 싶기도 했다. 동호는 이수와 있으면 마음이 편했다. 그래서 이런저런 실없는 얘기도 하고 고민거리 같은 진지한 얘기도 했다. 이수를 통해 우정은 시간의 양이 아니라, 어떤 시간을 보냈는지가 중요하다는 사실을 알게 됐다.

웬일로 체육관에 이수가 먼저 와서 준비 운동을 하고 있었다. 오늘은 대전이 있는 날이었다. 동호의 겨루기 상대는 이수였다. 동호도 옷을 갈아입고 몸을 풀었다. 대전을 앞두고 체육관 사람들이 하나둘 들어오기 시작했다. 사람들이 많이 모인 앞에서 대전을 치르기 때문에 가볍게 하는 경기는 아니었다. 실전처럼 진지한 태도로 싸워야 했다. 동호는 운동할 때만큼은 승부욕이 불탔다.

"친구라고 봐주지 않으니까 너무 힘들면 그냥 기권해."

동호가 이수의 어깨를 토닥이며 말했다.

"너야말로 졌다고 울지 마. 진 사람이 밥 사는 거 어때?"

"그렇게 내 밥을 사 주고 싶냐?"

"결과는 알 수 없지."

"어쭈, 나중에 딴소리하지 마. 오늘 고기 먹겠네."

드디어 대전이 시작됐다. 체육관 사람들은 당연히 동호의 승리를 예상했지만, 예상외로 박빙이었다. 동호의 공격을 이수가 잘 버텨 냈다. 이수의 눈빛이 평소와는 달랐다. 이수는 필사적으로 대전을 치르고 있었다. 동호는 경기가 후반으로 갈수록 이수가 걱정됐다.

사실 동호는 어렸을 때부터 격투기를 해서 싸움에 단련됐다. 그래서 상대방에게 가격을 당해도 통증을 잘 참을 수 있지만, 이수는 초보라서 맞은 곳이 꽤 아플 게 분명했다. 동호의 예상이 맞다면 지금쯤 이수가 기권을 해야 하는데, 끝까지 버티고 있었다. 동호는 경기를 빨리 끝내는 게 최선의 방법이라고 생각하고, 주먹으로 이수의 복부를 정확하게 가격했다. 이수는 배를 움켜잡고 바로 그 자리에 쓰러졌다. 심판이 중간에서 손을 휘저으며 대전을 종료했다. 이수는 링에 머리를 박고 일어나지 못했다. 동호는 힘들어하는 이수를 겨우 일으켜서 탈의실로 데려갔다.

"내가 뭐라고 그랬어. 그러니까 빨리 기권했어야지."

이수는 동호의 말에 대꾸도 못 하고 거칠게 숨만 내쉬었다. 동호는 걱정이 돼서 이수의 도복을 걷어 올려 확인하려 했다. 그러자 이수는 동호의 팔을 잡았다.

"좀 놀라서 그래. 괜찮아."

"제대로 숨도 못 쉬잖아."

동호는 억지로 이수의 도복을 올려서 복부를 확인하고 놀라서 멈칫했다. 온몸이 멍투성이였다. 대전 중에 생긴 상처가 아니었다. 이건 맞은 흔적이었다.

"누가 이랬어?"

동호의 질문에 이수는 황급히 옷만 내릴 뿐이었다.

"누군지 어서 말해!"

동호는 이수에게 소리쳤다.

"별거 아니야."

이수는 대답을 얼버무리고, 등을 돌린 채 빨리 옷을 갈아입었다.

동호와 이수는 체육관에서 나와 자주 가는 초등학교 운동장 계단에 앉아서 음료수를 마셨다. 동호는 이수가 무슨 말이라도 해 주길 기다렸다. 하지만 이수는 아무 말도 하지 않았다. 동호가 먼저 이수에게 말했다.

"말하기 싫으면 안 해도 돼. 근데 널 다치게 하지 마. 그게 누구든."

동호의 말에 이수는 자리에서 일어나더니 운동장을 달렸다. 동호는 이수가 달리는 모습을 조용히 지켜봤다. 이수는 운동장을 몇 바퀴씩 달리다가 미끄러져 넘어졌고, 그대로 일어나지 못했다. 동호는 이수에게 다가가 그 옆에 누웠다.

"여기에 누우니까 하늘이 잘 보이네."

"동호야, 난 공격은 못 하지만 수비는 자신 있어. 그래도 공격수가 좋겠지?"

"좋은 수비수가 없으면 좋은 공격수도 없어."

"아빠랑 형은 뛰어난 공격수야. 나도 형처럼 되려고 노력했는데, 이제는 안 할래."

"넌 너야! 형처럼 누구처럼 살 필요 없어."

둘은 한참을 말없이 운동장에 누워서 오랫동안 하늘을 올려다봤다. 이수는 까무룩 잠이 들었고, 동호는 별이 가득한 하늘을 보았다.

동호는 가게 일이 손에 잡히지 않았다. 이수가 걱정됐지만, 그냥 모른 척할 수밖에 없었다. '띠링' 알림 소리에 동호는 휴대폰을 확인했다. 이수의 문자였다.

— 내일 보자.

— 심심하냐? 낼 토요일이야.

— 아~ 월요일에 봐.

— 형님이 보고 싶냐? 내기에 졌으니까 밥이나 사ㅋㅋ

— 어디서 볼까?

— 진심감자탕으로 와.

이수는 감자탕 가게 문을 조심히 열고 들어갔다. 동호는 앞치마를 두르고 식탁 정리를 하고 있었다.

"오, 빨리 왔네. 잠깐만."

동호는 이수를 반기며 주방에 있는 아빠를 불렀다.

"아빠, 같은 반 친구 이수야."

동호 아빠는 활짝 웃으며 이수를 반겼다.

"감자탕 먹어야지. 잠깐 기다려."

"너 정말 운 좋다. 일 좀 시키려고 했는데, 너 오니까 손님들이 싹 가네. 자리에 앉아."

동호 아빠는 큰 냄비를 들고 와서 이수 앞에 놓았다.

"다 먹고 나면 밥도 볶아 줄게. 가까이에서 보니까 이수가 잘생겼구나. 학교에서 애들한테 인기 많겠다. 동호랑 다르게."

"아빠가 뭘 모르네. 진짜 잘생김은 나지. 여자들이 좋아하는 스타일은 나야."

동호 아빠는 동호 머리에 꿀밤을 줬다.

"앗! 아프잖아."

"머리가 돌덩이 같아서 내 손이 더 아프다."

동호 아빠는 이수에게 많이 먹으라고 말하며 다시 주방으로 들어갔다. 동호는 감자탕을 보고 놀랐다. 고기 등뼈가 냄비에 넘치도록 담겨 있었기 때문이다.

"이야, 나 먹을 때도 이렇게 안 주는데."

동호는 고기 등뼈 하나를 들고 살코기를 발라 먹었다. 그런데 이수는 밑반찬만 먹을 뿐 감자탕은 먹지 않았다.

"왜 안 먹어? 우리 집 감자탕 진심 맛있어. 한번 먹으면 중독된다."

"이거 바비큐 립 같은 거야?"

"너 설마 감자탕 처음 먹어?"

"뭔지는 아는데 안 먹어 봤어."

"짜식, 이 맛을 지금까지 몰랐다니 안타깝다."

동호는 감자탕 냄비에서 큰 덩어리의 뼈를 건져서 이수 접시에 놓았다.

"나처럼 먹어 봐. 이건 손으로 들고 먹어야 더 맛있어."

이수는 동호를 따라서 등뼈를 한 손에 들고 먹었다.

"정말 맛있다."

여름 방학이 시작됐다. 동호는 여름 방학이면 격투기 체육관에서 가는 1박 2일 MT를 기다렸다. 이번 여름은 유난히 더워서 빨리 가고 싶었다. 드디어 MT를 떠나는 날이다. 기차는 체육관 회원들로 시끌벅적했다. 체육관 관장님이 조용히 하라고 몇 번이나 주의를 줬지만, 회원들은 아랑곳하지 않고 웃고 떠들었다. 그 가운데 이수도 있었다. 이수는 당연히 못 갈 줄 알았다. 그런데 이수가 배낭을 메고 기차역에 나타났다. 어떻게 오게 됐냐고 물었지만, 이수는 웃기만 하고 대답은 하지 않았다. 동호는 오늘따라 이수가 달라 보였다. 이수는 조용한 성격이라서 단체 게임을 하면 그냥 구경만 했는데, 오늘은 제일 적극적으로 게임에 참여했다. 동호는 그런 이수의 모습이 보기 좋으면서도 왠지 모르게 불안했다. 하지만 자신이 괜한 걱정을 한다고 생각했다. 아무 걱정 없이 그냥 MT를 즐기면 되는 거였다.

어느덧 기차가 목적지에 도착했다. 형들은 요란스럽게 짐을 챙기며 기차에서 내렸다. 최종 목적지는 체육관 관장님의 고향집이었다. 기차역에는 노란색의 작은 유치원 버스가 서 있었다. 관장님 집은 기차역에서도 꽤 멀어서 버스를 타고 이동해야 했다. 형들은 유치원 버스는 폼이 안 난다며 안 타려고 했지만, 관장님의 호령에 모두 버스에 탑승했다. 작은 버스라 모두 다닥다닥 붙어서 가야만 했다. 동호와 이수는 막내라는 이유로 맨 뒷좌석의 제일 좁은 곳에 앉았다. 게다가 뒷좌석에 짐까지 둬서 동호는 이수 옆에 바짝 붙어야만 했다. 버스가 덜컹거리며 포장된 도로를 지나 울퉁불퉁한 길에 접어들었다. 맨 뒤에 있는 동호와 이수는 몸이 들썩였다. 동호는 중심을 잡으려고 버스의 안전 손잡이를 잡고 이수의 어깨를 잡았는데, 이수는 깜짝 놀라면서 동호의 팔을 확 밀쳤다. 동호는 순간 당황해서 이수를 바라봤다.

"미안, 어깨가 아파서 그래."

그냥 편하게 어깨를 잡았는데, 이수의 예민한 반응에 동호는 놀랐다.

"어깨 다쳤어?"

"근육통이야. 괜찮아."

이수는 어색하게 웃으며 동호와 어깨동무를 했다. 동호는 이수의 태도가 부자연스러워 보였다. 이수가 잠깐 걱정됐지만, 울창한 숲이 나타나면서 걱정은 사라졌다.

버스는 통나무집 앞에 멈췄고, 차 안의 모든 사람은 도착의 기쁨에 환호성을 질렀다. 통나무집에 들어서자 나무 향이 났다. 동호는 매년 여름에 오는 통나무집을 좋아했다. 이곳에 놀러 와야만 진짜 여름 방학이 시작됐다는 느낌이 들었다. 깊은 산골이라서 인터넷도 전화도 잘 안 터졌지만, 여기에서 지내다 보면 그런대로 적응이 되었다. 무엇보다 좋은 공기만 마셔도 몸과 마음이 상쾌했다. 체육관 형들이 어느새 옷을 갈아입고 동호를 불렀다.

"동호야! 동호야!"

밖에 나가 보니 이수도 운동복으로 갈아입고 형들 사이에 서 있었다.

"우리 MT의 전통인 약초 찾기를 시작하겠다. 두 명이 한 팀이 돼서 약초를 찾는데, 제일 귀한 약초를 가져온 팀이 우승이야. 우승한 팀에게는 특별 상품이 있어. 그리고 꼴찌 팀은 모두가 간절히 원하는 비박이다!"

약초 찾기라는 말에 여기저기서 야유가 쏟아져 나왔지만, 관장님의 휘슬이 울리자 다들 여기저기로 달려갔다. 관장님은 동호에게 다가와 귓속말로 얘기했다.

"저 위쪽으로 올라가 봐. 빨간색 리본이 묶여 있는 나무 주변에 약초가 많아."

동호는 관장님이 막내 팀이라고 힌트를 준다고 생각했다. 동호와 이수는 같은 팀이 돼서 함께 움직였다. 이수는 약초를 열심히 찾고 있는 동호에게 물었다.

"비박이 힘들어?"

"야외 취침이니까 당연히 힘들지. 텐트를 주기는 하는데 전혀 쓸모가 없나 봐. 텐트에서 자면 입이 돌아간다, 벌레에 온몸이 뜯긴다, 땅바닥의 한기가 뼈에 스며들어 일 년 내내 춥다는 둥 여러 얘기가 있어. 암튼 꼴등 하면 개고생이야."

"너도 비박 걸린 적 있어?"

"아직 한 번도 없어. 생각만 해도 끔찍해. 찬규도 한 번 걸렸는데 그 뒤로 여기 안 와. 전기도 없이 깜깜한 숲속에서 잔다고 생각하면 너무 싫어. 약초 캐기는 정말 별로인데 관장님이 워낙 좋아하니까 다들 참는 거야. 내가 약초 하나는 기가 막히게 잘 찾아. 나만 믿어."

동호는 관장님이 준 약초 사진을 들고 자신만만해했다. 약초인지 잡초인지 구분만 하면 찾기 쉬웠다. 동호는 여러 번 경험이 있던 터라 안 봐도 자신 있었다. 그래서 사진을 이수에게 줬다.

"너도 한번 봐. 사진 보면 금방 찾을 수 있어."

동호는 자신이 찾으면 너무 빨리 끝나니까 이수가 직접 찾길 기다렸다. 이수는 손에 쥔 사진을 한 번 보고 땅에 있는 풀들을 열심히 살폈다. 시간이 반쯤 지났을 때 동호도 본격적으로 약초를 찾기 시작했다. 그런데 이상하게 약초들이 보이지 않았다. 이럴 줄 알았다면 진작 찾았을 텐데 동호가 여유를 부리는 바람에 제한 시간이 얼마 남지 않았다.

"이수야, 이상해. 약초가 너무 안 보여. 빨리 저쪽으로 가서 찾아보자."

둘은 형들이 많이 모여 있는 쪽으로 갔다. 몇몇 형들은 손에 약초를 쥐고 있었다. 동호는 마음이 급해졌다. 땅을 아무리 내려다봐도 약초랑 비슷하게 생긴 풀이 눈에 하나도 들어오지 않았다. 둘은 땀을 흘려 가며 열심히 찾아봤지만, 약초를 발견할 수 없었다. 결국 시간이 종료됐고 다들 관장님 앞으로 모였다. 동호와 이수 팀만 빈손이었다.

"이번에 꼴찌는 동호와 이수다. 비박 당첨이네! 축하한다."

동호는 열을 올리며 관장님에게 따졌다.

"관장님, 일부러 약초 없는 곳을 알려 주신 거 아니에요?"

"이제 알았어? 너랑 이수도 비박의 추억을 한번 만들어야 MT가 더 기억에 남지 않겠냐? 재미도 있고."

관장님과 형들은 화내고 있는 동호를 보며 깔깔거리며 좋아했다.

"관장님 말을 그대로 믿다니 내가 멍청했어. 나 때문에 너까지 비박에 걸렸다. 미안해."

"괜찮아. 밤새워 놀면 되지."

걱정하는 동호와 달리 이수는 오히려 괜찮아 보였다.

계곡에서 물놀이를 하고 저녁에는 푸짐하게 준비한 고기를 구워 먹으며 시간을 보냈다. 숲이라 밤이 더 빨리 찾아온 느낌이었다. 시계가 밤 10시를 가리켰다. 관장님과 형들이 짐을 챙겨 주며 동호와 이수의 손에 손전등을 쥐여 줬다.

"자, 이제 너희들도 텐트로 가야지. 내일 아침에 무사히 만나자."

곰을 조심해라, 멧돼지를 조심해라, 귀신을 조심해라⋯⋯ 형들이 여기저기서 놀려 댔다. 둘은 배낭을 메고 통나무집 밖으로 나왔다. 비박할 장소는 통나무집에서 보이지 않는 외떨어진 곳이었다. 통나무집과 거리가 멀어질수록 주변 빛은 점점 희미해졌다. 손전등을 끄면 완전히 깜깜한 어둠이었다. 관장님은 통나무집에서 몇백 미터 떨어진 곳이라고 말했지만, 몇 킬로미터가 넘는 것처럼 멀게만 느껴졌다. 한참을 가다 보니 어둠 속에 작은 텐트 하나가 덩그러니 놓여 있었다. 텐트 안에 들어가자마자 제일 먼저 램프를 켰다. 텐트 안에만 유일한 빛이 있고 밖에는 어둠뿐이었다. 동호와 이수는 침낭에 들어가서 누웠다. 등에서 땅바닥의 서늘한 기운이 확 느껴졌다.

"여름인데 너무 춥다. 역시 여름은 산보다 바다야."

동호는 뜨거운 해변을 떠올리며 얘기했다.

"숲에 살아도 괜찮겠어. 여기에서 살면 사람들의 시선 따위 걱정하지 않을 것 같아."

"남들 눈이 뭐가 중요해. 어차피 사람들은 기억도 못 하고 금방 다 잊어버릴 거야."

"그런가. 근데 좋은 기억도 금방 잊을까?"

"시간이 지나면 싫은 기억이나 좋은 기억이나 다 희미해지는 것 같아. 그래도 좋은 기억은 잊지 않으려고 노력해야지."

둘은 오랫동안 이야기를 나눴다. 그런데 자정이 지나도 쉽게 잠이 오지 않았다.

"동호야, 졸려?"

"아니, 잠은 안 오고 오히려 잠이 깬다."

"그럼 밖에 나가자."

동호와 이수는 텐트 밖으로 나갔다. 밖은 쌀쌀했지만, 탁 트인 하늘이 눈에 보였다. 하늘에 별이 가득했다. 도시에서 보는 별보다 훨씬 빛났다. 밤하늘에 맑은 호수가 떠 있는 느낌이었다. 동호는 깜짝 선물을 받은 것처럼 가슴이 두근거렸다. 그리고 무수한 별들을 보며 생각했다. 좋은 기억은 오래 간직하고 싶다고. 어른이 돼서도 오늘을 잊지 못할 것 같았다.

"동호야, 다 괜찮을까?"

"뭐가?"

"너무 무서운데……. 내 진짜 모습으로 살아도 될까?"

"그래, 하고 싶은 대로 해."

별똥별 하나가 밤하늘을 지나갔다. 이수는 동호의 손을 살짝 잡았다. 동호는 좀 놀랐지만, 이수를 보며 웃었다. 이수의 손이 따뜻했다. 이수와 잡은 손을 놓으려는 순간, 이수는 동호의 손을 꼭 잡았다. 그리고 동호를 끌어당겨서 입을 맞췄다.

하늘에서 별이 쏟아져 내렸고 이수는 눈물을 흘렸다. 동호는 순간 온몸이 굳어 버렸다. 그리고 정신이 번쩍 들어 이수를 밀치고 뒤로 물러섰다.

"동호야, 나는 널⋯⋯."

"됐어! 아무 말 하지 마. 아무 말도 하지 말라고!"

동호는 이수를 내버려 두고 그곳을 도망쳤다. 그리고는 어딘지 모르는 곳으로 달리다가 넘어졌다. 동호는 주먹으로 땅바닥을 내리쳤다. 모든 상황이 혼란스러웠다. 좋은 추억을 나눌 수 있는 친한 친구가 옆에 있어서 좋았는데, 이수에게 자기는 친구가 아닐지도 모른다는 생각이 들었다. 그저 도망치고만 싶었다.

동호는 통나무집에 도착해 관장님께 집에 급한 일이 생겼다고 말하고 새벽 일찍 나왔다. 이수가 숙소로 돌아오기 전에 빨리 떠나고 싶은 마음뿐이었다. 기차 안에서도 집에 돌아와서도 잠이 오질 않았다. 억지로 자려고 뒤척이는데 문자 알림 소리가 들렸다.

— 미안해. 난 진심이었어.

동호는 이수의 문자를 읽고 휴대폰을 방바닥에 던져 버렸다. 휴대폰 액정에 금이 생겼다. 동호는 이수와 보이지 않는 금이 생겨 버린 것 같았다. 그냥 이 상황을 모른 척하고 싶었다. 아직 어리니까 분위기에 취해 실수를 했고, 분명 지금쯤 후회하고 있을 거라 생각했다. 어쩌면 동호가 꿈을 꿔서 착각했을지도 모른다고 믿고 싶었다. 그런데 이수가 보낸 문자 때문에 어제 일이 사실이 돼 버렸다.

동호는 땀에 흠뻑 젖은 채로 초등학교 운동장을 전력 질주했다. 그리고 바지 주머니에서 울리는 벨소리를 무시했다. 이수가 보낸 문자와 전화에 대답하지 않았다. 이수를 만나면 어떻게 해야 할지 몰랐다. 동호는 시간이 필요했다. 복잡한 마음을 정리하려고 계속 뛰었다. 하지만 소용없었다. 그때 동호를 부르는 목소리가 들렸다.

"동호야."

동호는 뒤를 돌아봤다. 이수가 운동장에 서 있었다. 동호는 이수를 보고 싶지 않았다. 그래서 외면하고 다시 달렸다. 이수는 동호의 뒤를 쫓아 달렸다.

"동호야! 얘기 좀 해!"

동호는 그 자리에서 멈춰 섰다. 그리고 주먹을 꽉 쥐고 뒤를 돌아봤다.

"무슨 얘기를 하고 싶은데?"

"나는 계속 너에 대해 생각했어."

"그만해. 없던 일로 할게. 그럼 다 괜찮아."

"널 좋아해. 그냥 나는 너란 사람을 좋아하는 거야."

"넌 네 마음만 중요해? 난 친구를 잃었어."

동호는 이수를 그대로 내버려 두고 운동장을 떠났다.

무덥고 지루했던 여름 방학이 끝났다. 그날 이후로 동호는 독서실에 다니지 않았고, 이수는 격투기 체육관에 나오지 않았다. 둘은 서로를 전혀 몰랐던 때로 다시 돌아갔다. 동호는 원래 다녔던 친구들과 어울리며 지냈고, 이수는 예전처럼 교실에서 조용히 공부만 했다.

12
제로

제로는 작품을 응모한 이후 습관적으로 매일 대회 홈페이지에 접속했다. 발표 날이 많이 남았지만, 제로의 간절함이 전해지길 바라며 마치 기도하는 마음으로 대회 홈페이지를 확인했다.

드디어 내일이 발표 날이었다. 제로는 마지막으로 기도하며 홈페이지에 들어갔다. 그런데 작은 팝업창이 떠 있었다. 수상 발표라는 글자가 번쩍거렸다. 하루 전날인데 미리 발표가 난 것이다. 제로는 숨을 크게 내쉬고 팝업창을 클릭했다. 제로는 제로와 밴쿠버의 이름이 있길 간절히 바랐다. 새 창이 열리자 대회에 관련된 이런저런 설명이 나오고 끝부분에 수상자 명단이 적혀 있었다. 대상에도 없고, 최우수상에도 없고, 우수상에도 없었다. 제로는 아쉬운 마음으로 창을 닫으려고 했는데,

맨 밑에 특별상이 보였다. 명단 끝에 제로와 밴쿠버의 이름이 보였다. 제로는 앉은 자리에서 벌떡 일어나 소리를 질렀다. 그리고 바로 밴쿠버에게 전화를 걸었다. 빨리 밴쿠버의 목소리가 듣고 싶은데, 계속해서 신호음만 흘러나왔다. 신호음이 딱 멈추고 기다리던 목소리가 들렸다.

"여보세요."

"밴쿠버, 나야."

"어, 제로. 무슨 일이야?"

"아직 모르지?"

"뭘?"

제로는 밴쿠버의 얼굴을 보며 입상 소식을 알리고 싶었다.

"지금 괜찮으면 잠깐 나올 수 있어? 내가 너희 집 근처로 갈게."

"시간이 너무 늦지 않았어?"

제로는 시계를 봤다. 밤 11시를 넘어가고 있었다. 제로는 잠시 망설이다 용기를 내어 다시 말했다.

"나는 괜찮아. 중요한 얘기니까 너만 괜찮으면 지금 만나."

"음, 그럼 중간쯤에서 만나자. 바로 나갈게."

제로는 전화를 끊고 바로 밖으로 나갔다. 가슴이 두근거렸다. 밴쿠버가 기뻐할 생각에 설레고 행복했다. 밤거리의 수많은 길이 모두 밴쿠버에게로 향하는 것 같았다. 어두운 밤길이 전혀 무섭지 않았다. 무수한 별들이 제로와 밴쿠버의 길을 비취 주고 있다고 생각했다. 제로는 길 끝에서 낯익은 모습을 보았다. 밴쿠버가 걸어오고 있었다. 밴쿠버의 발소리가 가까워질수록 제로의 심장 소리도 점점 크게 들렸다.

"무슨 일 있어?"

걱정이 가득한 밴쿠버의 얼굴을 보자 제로는 웃음이 나왔다. 제로를 걱정해 주는 밴쿠버의 표정이 좋았다.

"응. 아주 좋은 일! 우리 특별상 받았어!"

"뭐?"

"대회에서 특별상 받았어!"

"와! 정말?"

밴쿠버는 기뻐서 함성을 지르며 제로를 얼싸안고 그 자리에서 뛰었다. 갑작스럽게 밴쿠버 품에 안긴 제로는 얼굴이 빨개졌다. 밴쿠버는 기쁜 마음에 자신을 안았겠지만, 제로는 심장이 터질 것 같았다. 그래서 애써 자신의 마음을 숨기며 밴쿠버와 함께 기뻐했다.

"너한테 이 소식을 제일 먼저 알려 주고 싶어서."

"그래, 잘했어. 고마워!"

제로는 밴쿠버도 자기처럼 기뻐하니까 마음이 놓였다. 밴쿠버와 자신의 마음은 계속 함께라고 느껴졌다. 기분이 들떠서 둘은 즐겁게 대회 얘기도 하고 그림 얘기도 나눴다. 밴쿠버는 밤이 너무 늦었다며 제로의 집 근처까지 같이 걸었다.

"제로, 고마워. 네 덕분이야."

"나도 고마워. 공동 작업이 이렇게 재밌는 줄 몰랐어."

"나도 너랑 함께해서 즐거웠어. 앞으로도 열심히 하자."

밴쿠버 입에서 나오는 '함께'라는 단어가 제로의 귀에서 맴돌았다. 밴쿠버와 정말 '함께'하고 싶었다. 공부도 함께, 그림도 함께, 그리고 소소한 일상도 함께 나누는 사이가 되고 싶었다. 집 앞에 거의 다 왔을 때 제로는 마음으로 수십 번 반복했던 그 말을 꺼냈다.

"밴쿠버, 나도 너랑 함께해서 좋아. 좋아해, 너를."

제로는 밴쿠버의 표정을 봤다. 숨기지 못하는, 거짓말을 하지 못하는 표정, 절망과 미안함이 뒤섞인 표정, 그리고 엄마가 제로에게 보여 줬던 그 표정과 닮았다. 이건 거절하는 표정이었다. 제로는 밴쿠버의 대답도 듣기 전에 그 자리를 떠나 집으로 도망쳤다.

집에 돌아온 제로는 방문을 잠그고 밴쿠버가 보내온 문자를 읽고 또 읽었다.

― 미안해, 정말 미안해.

한 달이 지났다. 제로는 드로잉 모임에 나가지 않았고, 밴쿠버의 연락에도 대답하지 않았다. 제로는 그날 밤으로 다시 돌아가고 싶었다. 자기의 마음을 받아 주지 않은 밴쿠버를 원망했다. 그리고 마음을 오해하게 만든 밴쿠버의 탓이 크다고 생각했다. 하지만 시간이 지날수록 제로는 자신을 탓했다. 제로도 잘 알고 있었다. 그 누구도 감정을 강요할 수 없다는 걸. 그 걸 알면서도 밴쿠버의 마음을 얻고 싶었다. 그 욕심 때문에 좋은 친구를 잃어버렸다.

그날 밤 이후로 밴쿠버는 답이 없는 제로에게 문자를 계속 보냈다. 제로는 밴쿠버의 마음이 어떨지 아니까 답장을 할 수 없었다. 밴쿠버가 제로를 진심으로 걱정하고 있고, 다시 예전처럼 지내고 싶어 한다는 것도 잘 알았다. 밴쿠버는 항상 배려해 줬다. 제로는 밴쿠버가 자기를 좋아하지 않는다는 사실을 알았지만, 자신의 마음을 접기가 힘들었다. 차라리 밴쿠버를 미워하는 마음이 생기길 간절히 기도했다. 그 기도가 간절한 만큼 밴쿠버가 더욱 보고 싶고 목소리를 듣고 싶었다. 사실 제로는 외로운 감정을 느껴 본 적이 없었다. 주위에 사람이 있어도 늘 혼자라고 느꼈기 때문이다. 그런데 밴쿠버를 만나고 밴쿠버가 곁에 있길 바라는 마음이 생기면서 외로움을 알게 됐다.

제로는 드로잉 모임이 끝날 때쯤 화실 근처 카페 2층에 앉아서 밴쿠버를 봤다. 힘없이 걸어가는 밴쿠버의 뒷모습을 보면서 제로는 밴쿠버에게 달려가서 말하고 싶었다.

'그냥 지금처럼 옆에 있어 줘.'

밴쿠버를 잡을 수도 놓을 수도 없었다. 엄마처럼. 제로는 가끔 엄마가 혼자서 멍하니 창밖을 볼 때마다 엄마 얼굴에 스치는 그리움을 봤다. 그런 엄마를 볼 때면 그냥 엄마를 보내 주고 싶기도 했지만, 엄마가 자기와 아빠 곁을 떠난다고 생각하면 겁이 났다.

현관문을 열고 들어서는 순간 제로는 불안한 느낌이 들었다. 항상 반듯하게 정리된 신발들이 여기저기 흩어져 있었고, 식탁에는 치우지 않은 밥그릇과 국그릇이 보였다. 거실에 있던 스탠드가 바닥에 쓰러져 있고, 소파 주위에는 물건이 널브러져 있었다. 제로는 갑자기 숨이 턱 막히며 숨을 쉴 수가 없었다. 어렸을 때 봤던 장면이 그대로 다시 눈앞에 펼쳐졌다. 아빠가 물건을 집어 던지고 엄마에게 소리를 지르는 장면이 생생하게 떠올랐다. 제로는 엄마에게 전화를 걸었다. 하지만 휴대폰은 꺼져 있었다. 제로는 떨리는 손으로 밴쿠버에게 전화를 걸었다.

"여보세요."

제로는 밴쿠버의 목소리를 듣는 순간 아무 말도 못 하고 울먹이기만 했다.

"제로? 왜 그래?"

"여기로 와 줘."

밴쿠버는 쪼그리고 앉아 울고 있는 제로를 발견했다. 그리고 제로 앞에 다가가 마주 보며 앉았다.

"제로야, 이제 괜찮아."

제로는 밴쿠버의 목소리를 듣자 안심이 됐다. 밴쿠버는 먼저 일어나면서 손을 내밀었다. 제로는 밴쿠버의 손을 잡고 일어났다. 밴쿠버는 제로를 부축해서 벤치가 있는 곳으로 갔다. 그리고 부들부들 떨고 있는 제로의 손을 잡아 주었다. 밴쿠버의 손을 잡은 뒤로 조금씩 제로의 떨림이 잦아들었다.

"미안해. 연락할 사람이 너밖에 없었어."

밴쿠버는 아무것도 묻지 않고 옆에 있어 줬다. 제로는 미안하고 고마웠다. 밴쿠버는 제멋대로였던 자기를 그냥 이해해 줬다. 헤어질 때쯤 제로가 밴쿠버에게 물었다.

"내가 또 연락해도 돼?"

"당연하지. 우리는 같은 팀이잖아. 드로잉 모임에 꼭 나와! 기다릴게."

제로는 주저하며 집 현관문을 열었다. 엉망이던 집 안이 깨끗하게 정리되어 있었다. 부엌에서 설거지를 하는 제로 아빠가 보였다.

"엄마는?"

"이모 집에 갔어."

"왜?"

"엄마랑 좀 다퉜어."

"아빠는 왜 엄마랑 살아? 나 때문이야?"

아빠는 제로의 질문에 설거지를 멈추고 얘기했다.

"엄마를 사랑하니까 그렇지."

제로는 바보 같은 아빠의 마음을 이제는 그 누구보다 잘 알

왔다. 그래서 아빠의 뒷모습이 더 쓸쓸해 보였다.

제로는 밴쿠버에 대한 마음을 묻어 두기로 했다. 마음이 없어지지 않는다면 그 마음을 숨긴 채로 지내면 됐다. 어차피 자기밖에 모를 테니까. 계속 기다리면 밴쿠버가 언젠가는 자신의 마음을 받아 줄지도 모른다는 옅은 희망도 품었다.

드로잉 모임에 다시 나갔다. 모임이 끝난 뒤 밴쿠버와 걸어가면서 제로는 용기 내어 물었다.

"밴쿠버, 이런 질문 좀 창피하지만, 혹시 너 좋아하는 사람 있어? 궁금해서."

"어, 없어."

밴쿠버가 머뭇거리며 말했다.

제로는 밴쿠버의 얼굴에서 쓸쓸함을 보았다. 그리고 밴쿠버의 눈에서 그리움이 느껴졌다. 제로는 그때 알았다. 분명 밴쿠버도 누군가를 좋아하고 있었다.

"표정에 다 나타나. 너 좋아하는 사람 있지?"

제로는 밴쿠버 입에서 아니라는 대답이 나오길 바랐다. 하지만 솔직하게 얘기해 주길 바라는 마음도 있었다.

"진짜 없어."

제로는 여전히 밴쿠버가 거짓말을 하는 것 같았다. 그런데 더 물어보지 않았다. 밴쿠버가 머쓱해하는 것 같아서 살짝 팔짱을 꼈다. 밴쿠버는 살짝 놀란 눈치였지만, 웃으며 함께 길을 걸었다. 둘은 그동안 못 했던 얘기를 하며 걸어가고 있는데,

둘 앞에 키가 큰 남학생이 서 있었다. 밴쿠버가 걸음을 멈추고 그 남학생을 봤다. 남학생은 경멸에 가득 찬 표정으로 밴쿠버를 보고 있었다. 밴쿠버는 무슨 잘못을 한 사람처럼 제로의 팔짱을 얼른 풀었다. 그 남학생이 성큼성큼 밴쿠버에게 걸어왔다.

"여자 친구냐? 잘됐네."

제로가 보기에 그 남학생은 시비를 거는 것처럼 보였다. 밴쿠버는 아무 말도 못 하고 그대로 굳었다. 남학생은 밴쿠버의 어깨를 툭 밀치며 가던 길을 갔다.

"쟤 뭐야? 이상한 애네. 말투도 재수 없어."

"내 친구야."

"친구 맞아? 엄청 불량해 보여. 너랑은 너무 달라."

"오늘은 나 먼저 갈게."

밴쿠버의 목소리가 떨렸다. 제로는 화가 난 밴쿠버의 모습을 처음 봤다. 밴쿠버는 남학생이 간 방향으로 뛰어갔다. 제로는 밴쿠버의 뒷모습을 보는데 이상하게 불안했다.

집에 돌아오자마자 제로는 밴쿠버에게 문자를 보냈다. 하지만 계속 기다려도 답장은 없었다. 제로는 체념하고 휴대폰을 침대에 던졌다. 침대 옆에 덩그러니 놓여 있는 가방이 보였다. 가방을 열어 상자 하나를 꺼냈다. 상자 안에는 가죽 필통이 있었다. 밴쿠버에게 선물로 주려고 준비했는데 계속 주지 못했다. 오늘은 꼭 주려고 했지만, 또 기회를 놓쳤다.

제로는 답답한 마음에 창문을 열고 밖을 내다봤다. 창밖에 어떤 남자가 어디론가 급하게 뛰어가는 모습이 보였다. 그 모습을 보니까 뒤도 돌아보지 않고 남학생에게 달려가던 밴쿠버가 떠올랐다. 밴쿠버에 대해 곰곰이 생각하고 있을 때 문자 알림이 왔다.

-내일 봐.

화실에 들어서자마자 캡틴이 제로에게 물었다.

"밴쿠버 만났어? 방금 내려갔는데. 게임에 져서 커피 사러 갔어."

제로는 밴쿠버 자리에 있는 가방을 봤다. 그리고 주위를 둘러보며 밴쿠버 자리에 앉았다. 제로가 밴쿠버 자리에 앉아도 회원들은 전혀 신경을 쓰지 않는 것 같았다. 제로는 밴쿠버 가방에 선물 상자를 몰래 넣어 두고 싶었다. 얼굴을 보면서 선물을 건넬 자신이 없었다. 가방을 열자 밴쿠버가 늘 가지고 다니던 낡은 파란 수첩이 눈에 들어왔다. 제로는 그러면 안 되는 줄 알면서도 몰래 수첩을 꺼냈다. 그리고 창가로 가서 밴쿠버가 오는지 살펴봤다. 카페와 화실은 거리가 좀 있어서 밴쿠버가 돌아올 때까지 시간이 걸릴 것 같았다. 제로는 손에 땀이 났다. 뒤를 돌아보니 캡틴과 언니, 오빠 들은 이야기하느라 바빴다.

제로는 수첩을 조심스럽게 펼쳤다. 첫 장은 빈 종이였다. 뒷장에도 아무것도 없었다.

'빈 수첩인가.'

제로는 급하게 수첩을 휘리릭 넘겼다. 중간에 그림이 보였다. 남자애의 옆모습이었다. 남자애가 웃고 있는 모습, 남자애가 책상에 엎드려서 자고 있는 모습, 온통 한 남자애의 그림만 있었다. 그림 속의 남자애 얼굴이 낯익었다. 어제 봤던 그 남학생이었다. 제로는 수첩을 덮어 가방 안에 넣었다. 제로는 무서웠다. 밴쿠버의 비밀을 알아 버린 것 같았다. 어떻게 해야 할지 몰랐다. 창밖으로 커피를 들고 오는 밴쿠버가 보였다. 늘 보던 밴쿠버가 너무 낯설었다.

제로는 묻고 싶었다. 그래서 밴쿠버에게 연락해 예전에 갔던 하늘공원에서 만나자고 했다. 제로는 먼저 도착해서 밴쿠버를 기다렸다. 밴쿠버에게 뭘 물어봐야 할지, 고민했다. 제로는 고개를 흔들며 자기 생각이 쓸데없는 걱정이라고 믿고 싶었다. 밴쿠버가 언덕 아랫길에서 올라오고 있었다. 언제나 그렇듯이 밴쿠버는 제로를 보고 미소를 지으며 인사했다. 제로는 밴쿠버에게 궁금한 걸 물으면 다시는 저 미소를 못 볼지도 모른다는 느낌이 들었다. 그래도 밴쿠버의 얘기를 직접 듣고 싶었다.

"왜 여기서 보자고 했어?"

"밴쿠버, 기억나? 난 이곳에서 처음으로 마음을 열었어. 다른 사람에게 말하지 못한 얘기를 너한테 말했어. 그리고 계속 나는 너에게 솔직했어. 난 우리가 친한 친구라고 생각해. 그러니까 솔직하게 말해 줬으면 좋겠어."

"뭘?"

"어제 길거리에서 만난 애, 너랑 무슨 사이야?"

"친구야."

"너 혹시 그 애 좋아해? 솔직하게 말해 줘. 그 애 좋아해?"

제로는 밴쿠버가 아니라고 대답하길 바랐다. 그냥 아니라고 말하면 다 괜찮아지는 일이었다. 아무 대답도 하지 않는 밴쿠버가 원망스러웠다.

"너 정말 그 남자앨 좋아해?"

제로는 밴쿠버의 얼굴을 제대로 볼 수가 없었다. 밴쿠버의 대답을 듣지도 않고 공원에서 도망쳐 버렸다. 밴쿠버도 엄마랑 다를 게 없었다. 자신의 감정을 숨기며 자기를 사랑하는 사람에게 헛된 희망을 주는 이기적인 사람이었다.

13
도서관

그 애가 먼저 나를 부를 줄 알았는데, 내가 먼저 그 애를 불렀다. 더는 책을 읽을 수가 없었다. 커다란 돌덩이가 가슴을 짓누르는 것 같았다.

"사서를 찾아서 물어봐야겠어. 여기가 어딘지, 우리가 왜 이렇게 지내야 하는지."

"아무리 찾아도 사서는 못 만날 거야. 그가 다시 나타나길 기다리는 수밖에 없어."

그 애는 나를 말리며 말했다.

"2층에 다녀올게."

"거기 가도 소용없어."

"내가 저기서 뭐라도 하면 사서가 나타나겠지."

나는 그 애에게 얘기하고 2층으로 올라갔다. 그곳은 처음에 봤던 그대로였다. 사람들은 여전히 조용히 앉아서 책을 읽고 있고, 그들 눈에는 내가 보이지 않았다.

"으악, 나타나! 당장 나타나!"

나는 도서관을 뛰어다니며 소리를 질렀다. 어차피 도서관에 있는 사람들에게 들리지 않으니까 사서가 듣길 바라며 고래고래 소리를 질렀다. 아무리 소리를 질러도 사서는 나타나지 않았다. 나는 울분에 차서 내 앞에 앉아 있는 아저씨의 책을 뺏어서 땅바닥에 내던졌다.

툭! 책이 땅바닥에 떨어져 굴렀다. 책을 읽던 아저씨는 놀라서 멈췄고, 나도 놀라서 내 손을 봤다. 여기에서 나는 보이지도 않고 아무것도 잡을 수 없었다. 그런데 책이 내 손에 잡히다니. 2층으로 달려온 그 애도 땅에 떨어진 책을 보고 놀랐다. 그때 사서가 뒤에서 나타났다.

"따라와."

우리는 사서의 뒤를 따라갔다. 사서는 빈 책장 뒤에 있는 사무실로 갔다. 그리고 벽에 걸린 시계를 보았다. 시곗바늘이 빠르게 움직였다. 사서는 시계를 보며 말을 꺼냈다.

"시간이 없을지도 모르겠다."

사서는 무표정한 얼굴로 나를 쳐다봤다.

"이제 얘기해 주세요. 도대체 여긴 어디고, 우린 왜 기억이 없나요?"

사서는 얼굴을 가리고 있던 망토를 벗고 우리를 바라봤다.

사서의 눈이 또렷하게 보였다. 나는 사서의 눈을 보고 놀랐다. 왼쪽 눈과 오른쪽 눈이 다른 색이었다.

"놀랐나? 내 회색 눈은 과거를 보는 눈이고, 푸른색 눈은 미래를 보는 눈이다. 과거와 미래를 동시에 볼 수 있지."

사서는 이미 나의 과거를 알고 있고, 지금 내 미래를 보고 있는지도 몰랐다.

"과거는 변하지 않지만, 미래는 바뀌는 경우도 있다. 지금 너는 미래가 바뀔지도 모르는 순간에 있다. 여기는 로비오에 있는 도서관이다."

"로비오?"

"로비오는 사람이 죽어야 오는 곳이다. 오고 싶다고 해서 아무나 올 수 있는 곳은 아니다. 선택받은 사람들만 올 수 있다. 이 도서관은 죽은 자들이 자신의 희미해진 기억을 되살리기 위해 자신의 인생을 읽는 곳이다. 어떤 사람들은 이곳에 오지 않는다. 죽기 전의 기억을 되살리고 싶지 않은 사람도 있으니까. 그래도 기억을 잊고 싶지 않은 사람은 도서관에 와서 자신의 인생을 읽지. 로비오에서 지내면 살아 있을 때의 기억이 자연스럽게 희미해진다. 그래서 기억을 간직하고 싶은 사람은 도서관에 와서 읽고 또 읽는다. 다 각자의 선택이다."

나는 죽은 자라는 말에 온몸이 얼어붙었다. 옆에 있던 그애도 나처럼 굳어 버렸다.

"그러니까 여기는 죽은 사람들이 오는 곳이라는 얘기죠?"

그 애는 떨리는 목소리로 사서에게 물었다.

"그렇다. 여기는 죽은 자들이 있는 곳이다."

"그럼, 우리도 죽었나요?"

나는 입 밖으로 꺼내기도 무서운 질문을 했다. 죽었기 때문에 우리는 기억이 전혀 없고, 여기에 이렇게 있을 수밖에 없는 거였다.

"너희는 아직 죽지 않았다."

사서가 무슨 말을 하는지 이해할 수 없었다.

"죽은 게 아니라면 왜 여기에 있는데요?"

"너희가 읽고 있는 책을 보면 잘 알 텐데."

"그럼 책 속에 나오는 남자애가 정말 내가 맞나요?"

"아니길 바라나?"

사서의 말을 들으면 들을수록 나는 더 혼란스럽고 괴로웠다. 사서는 차분하고 나직하게 설명했다.

"너는 어쩌면 여기에 계속 있을지도 모르겠다. 네가 도서관에 있는 책을 만질 수 있고 네 시계가 빨라지고 있다면, 너를 버티게 하는 힘이 점점 사라지고 있다는 얘기다."

사서는 알 수 없는 얘기를 내뱉고 회전문으로 걸어갔다. 나는 사서에게 소리쳤다.

"정확히 말해 주세요. 그럼 우린 죽는 건가요?"

"네가 원하는 게 뭔가? 살고 싶나?"

사서는 질문만 던지고 사라져 버렸다. 우리는 아무 말도 하지 않고 가만히 있었다. 사서의 말대로라면 우리는 지금 로비오라는 죽음의 세계에 있고, 도서관 사람들은 다 죽은 자들이었다. 그런데 우리는 아직 죽은 건 아니라고 했다. 사서의 말을 믿을 수 없었다. 아니 믿고 싶지 않았다. 어쩌면 우린 현실과 전혀 다른 공간에 있다는 사실을 이미 알고 있었는지도 모른다. 차라리 꿈이길 간절히 바랐다. 만약 이 모든 상황이 현실이라면 내가 할 수 있는 일은 정말 아무것도 없으니까. 사서의 얘기를 듣고 난 후에는 우리에게 남아 있던 희망마저도 다 사라져 버린 것 같았다.

"기억이 나지 않으니까 죽어도 아쉽거나 슬프지 않아. 내가 느끼는 이 감정들이 진짜인지도 모르겠어. 사서의 말대로라면 책에 나오는 여자애가 나라는 건데, 누군가의 인생을 몰래 훔쳐보는 느낌이야."

그 애는 체념하듯이 말했다.

"솔직히 나도 그래. 내가 죽었다는 사실에 놀라고 뭔가 억울한 느낌이 드는데, 다른 감정은 잘 모르겠어. 전부 믿어지지 않아."

우리는 오랫동안 그렇게 가만히 앉아만 있었다.

"네 책에서 너는 어떤 애야? 난 책을 읽는데 내가 너무 불쌍했어."

그 애는 나를 보며 말했다.

"난 내가 한심하게 느껴졌어."

나는 한숨을 쉬었다.

"왜 한심한데?"

"그냥 그런 것 같아."

"나는 내가 왜 불쌍한지 얘기하고, 너는 네가 왜 한심한지 얘기할래?"

그 애는 우리의 얘기를 나누고 싶어 했다.

"얘기한다고 뭐가 달라질까."

"얘기 안 해도 달라지는 건 없잖아. 그냥 나는 이렇게라도 하고 싶어. 나도 나를 제대로 기억 못 하는데, 너라도 나를 기억해 주면 좋잖아."

"그래. 어차피 할 것도 없는데."

나는 나에 대한 얘기를, 그 애는 자기 얘기를 했다. 서로의 이야기를 들으면서 같이 화도 내고, 같이 웃기도 했다. 그 애 말대로 기억하지 못하는 나에 대해서 그 애가 기억해 준다면 조금은 덜 허무할 것 같았다. 책 속에 있는 우리는 낯설었지만, 얘기할수록 친근해진 느낌이 들었다.

"그런데 넌 책 속에 있는 네 얘기를 나한테 다 했어?"

내 질문에 그 애가 머뭇거리는 게 보였다. 사실 나도 그 애에게 한 사람에 대한 얘기는 차마 하지 못했다. 그 얘기는 이상하게 꺼내기가 너무 힘들었다.

"아니, 사실 다 얘기한 건 아니야. 얘기가 너무 많으니까."

"난 말하고 싶은데 말할 수 없는 게 하나 있어. 이유를 모르

116

겠어. 너한테는 창피할 것도 없고 숨길 필요도 없는데, 이상하게 말하기가 힘들어.”

나는 솔직하게 말했다.

“나도 말하고 싶은데 말하지 못한 얘기가 있어. 실망스럽고 창피해서.”

그 애는 말을 다 잇지 못하고 눈물을 흘렸다. 나는 그 애의 손을 잡고 말했다.

“우리의 마지막은 무슨 얘기일까. 3부가 아마 우리의 끝일 텐데, 그러면 왜 우리가 여기에 있는지 알게 될 거야. 힘들어도 같이 읽자. 어차피 우린 죽은 사람인데 이제 무서울 것도 없잖아.”

14
동호

여자애들이 한데 모여 휴대폰을 보며 웅성거렸다.

"우리 학교에 이렇게 그림 잘 그리는 애가 있었어?"

"어디 봐. 와! 장난 아니네."

"너도 봤구나. 매일 하나씩 업로드 되는데. 무슨 퍼즐을 맞추는 것 같아."

동호는 여자애들이 계속 소란스럽게 얘기하니까 뭐 때문인지 궁금했다. 그래서 여자애들에게 가서 물어봤다.

"뭔데 그래?"

"너 SNS 안 하지? 우리 학교 다니는 어떤 애가 매일 그림을 그려서 SNS에 올리고 있어. 근데 그림이 장난 아니야. 누군지는 모르겠고 해시태그로 우리 고등학교 이름만 있어. 그니까 다들 궁금해하지. 팔로워가 점점 늘고 있어."

"어디 봐! 나도 좀 보자."

동호는 SNS에 올라온 그림들을 봤다. 딱 봐도 실력이 좋은 사람이 그린 것 같았다. 그런데 이상하게 그림들이 익숙했다.

"이거 어디서 본 것 같은데."

"네가 그림을 보기나 하냐."

동호는 여자애들의 핀잔을 듣고 자기 자리로 돌아갔다. 그런데 수업을 듣는데도 이상하게 SNS에서 본 그림들이 자꾸 생각났다.

'뭐지, 익숙한 그림인데.'

동호는 고개를 흔들고 창밖을 봤다. 운동장을 달리는 아이들이 보였다. 그 아이들 사이에 이수가 있었다.

초등학교 운동장에서 얘기한 그날 밤 이후로 동호는 이수와 멀어졌고 시간이 흐르면서 그런 관계가 익숙해졌다. 이수가 혼자 앉아 있거나 혼자 집으로 걸어가는 모습을 봐도, 동호는 모른 척했다. 신경은 쓰였지만, 이수와 친구로 지낸 시간이 짧으니까 괜찮다고 생각했다.

동호와 이수는 2학년이 되면서 다른 반이 됐고 이수를 만나게 되는 일은 거의 없었다. 그런데 지난주에 이수와 어떤 여자아이가 팔짱을 끼고 있는 모습을 봤다. 갑자기 발끝부터 머리까지 뜨거워졌다. 동호의 지난 기억이 한꺼번에 되살아났다. 동호는 애써 무시했지만, 마음 한편에는 이수에 대한 걱정이 있었다. 친구로서 이수가 걱정됐다. 그래도 동호가 할 수 있는 최선은 서로 모르는 사이로 지내는 거였다. 그렇게 미안함과 걱정으로 이수를 모른 척했는데, 이수가 여자아이와 즐겁게 웃는 모습을 보니 실망감이 들었다. 며칠 동안은 화가 났다. 하지만 어쩌면 차라리 다행일지도 모른다고 생각했다. 이수에게 여자 친구가 생겨서 오히려 홀가분했다. 이제는 이수를 볼 때 미안한 마음은 들지 않을 테니까.

SNS에 그림이 올라오는 속도가 빨라졌다. 하루에 하나씩 올라왔는데 갑자기 여러 장씩 올라오기 시작했다. 눈, 코, 입, 팔, 발 같은 신체 부위가 올라오더니 이제는 어떤 남자의 뒷모습 전체가 올라왔다. 아이들은 처음에는 그림을 올리는 사람이 누군지 궁금해했지만, 오히려 지금은 그림의 모델이 누군지에 더 관심 있었다. 그 이유는 그림의 수위 때문이었다.

어느 날은 상의를 탈의한 뒷모습 그림이 올라왔다. 여자애들에게만 화제였던 이 그림은 이제 남녀 구분 없이 관심의 대상이 됐다. 남자애들은 자기가 그림 모델이라며 장난을 치기도 했다. 아이들은 앞으로 어떤 그림이 올라올지 궁금해했고, 알게 모르게 그림의 수위가 더 높아지길 기대하는 분위기도 있었다. 상의를 탈의한 뒷모습이 올라오고 그다음 날은 뒷모습이 아니라 앞모습이 올라왔다. 그림 모델은 고개를 숙이고 있어서 누군지 알아볼 수 없었다. 뒷모습이 아닌 탈의한 앞모습은 아이들에게 호기심을 자극했다. 아이들은 그림 밑에 댓글을 달기 시작했다. 그림에 나오는 남자의 얼굴이 보고 싶다는 내용이 줄을 이었다. 마지막 댓글에 그림을 올린 사람이 답글을 남겼다.

— 내일은 얼굴 공개.

아이들은 댓글에 '좋아요'를 계속 눌렀다.

주인공이 밝혀지는 날이었다. 그림은 매번 정확하게 오후 1시에 올라왔다. 아이들은 그림 그리는 사람이 일부러 점심시간에 올린다고 추측했다. 아이들이 휴대폰을 꺼내 들고 확인할 수 있는 시간이었다. 오후 1시가 되자 어김없이 그림이 올라왔다. 여기저기서 웅성거리며 시끌시끌해졌다.

첫 번째는 바닷가에서 배구를 하고 있는 남자, 두 번째는 운동장에 앉아 있는 남자, 마지막은 웃옷을 벗은 채 이불을 덮고 있는 남자의 그림이었다. 모든 그림에 남자의 얼굴이 사진처럼 또렷하게 그려져 있었다. 그림의 주인공은 동호였다. 그림 제목은 '파란 수첩의 기억'이라고 적혀 있었다. 순식간에 학교에 소문이 퍼졌고, 동호도 이 사실을 알게 됐다. 동호는 마지막 그림들을 보고 이 그림을 누가 그렸는지 단번에 알 수 있었다. 이수가 분명했다. 함께 간 바닷가, 함께 달렸던 운동장, 함께 밤새 애기를 나눴던 곳이었다. 그리고 파란 수첩은 동호가 1학년 때 이수에게 생일 선물로 준 것이었다.

동호는 이수 반으로 갔다. 교실 쪽 복도에 이수와 성표가 마주 보고 있었다.

"야, 네가 이거 SNS에 올렸지? 너 원래 그림 잘 그리잖아."

성표는 이죽거리며 이수에게 말했다.

"아니야."

"이 새끼 거짓말하네. 표정 보면 진짠 줄 알겠어."

"내가 뭐 하러 거짓말을 해."

성표는 건너편에 있는 한 아이한테 고갯짓을 했고 그 아이가 이수 가방을 들고 나왔다. 이수는 자기 가방을 보고 당황했다.

"왜 남의 가방에 손대는 건데? 내놔!"

이수가 가방을 뺏으려고 했지만, 성표는 보란 듯이 이수 가방을 열고 거꾸로 들었다. 가방 안에 있는 책과 물건들이 복도 바닥에 떨어졌다. 파란 수첩도 있었다. 이수가 수첩을 집으려는 순간, 동호가 나타나서 그 수첩을 들었다. 그리고 수첩을 펼쳐서 확인했다. 수첩에는 동호의 모습만 가득 그려져 있었다. 동호는 수첩을 땅바닥에 던져 버리고, 이수의 얼굴을 주먹으로 때렸다. 그러자 아이들이 달려와 동호를 붙잡고 말렸다. 싸우는 소리 때문에 아이들이 몰려왔고 학교 복도는 아수라장이 됐다. 파란 수첩을 주운 성표는 수첩을 옆에 있는 아이들에게 보여 줬고, 아이들은 수첩을 보며 킥킥거리며 비웃었다. 어떤 아이는 수첩을 찍어서 SNS에 올렸다.

#파란수첩의비밀 #알고보니게이 #고등게이 #소름

이수가 게이라는 소문이 학교에 쫙 퍼졌다. 이수를 좋아했던 여자애들은 실망하거나 이수의 성향을 진작 눈치챘다고 수군거렸고, 남자애들은 이수를 경멸하듯이 대놓고 비난했다. 심지어 어떤 아이는 이수에게 고백을 받았다는 얘기를 했고, 체육 시간에 옷 갈아입을 때 이수가 자기를 훔쳐봤다는 얘기도 했다. 이수와 관련된 소문은 진실과 상관없이 점점 커져만 갔다. 동호와 이수가 멀어진 이유도 이수 때문이었다는 얘기, 동호와 이수가 서로 사귀었다가 헤어졌다는 얘기 등 동호와 관련된 소문도 퍼졌다.

동호는 모든 상황을 견디기 힘들었다. 그래도 한때는 이수를 좋은 친구라고 생각했는데, 남아 있던 우정마저도 저버려서 실망스럽고 배신감이 들었다.

동호는 가게 정리를 하다가 화가 나서 빗자루를 바닥에 내던졌다. 가게 문을 열고 동호 아빠가 들어왔다.

"밖에 이수가 와 있어. 얼른 나가 봐. 여기는 내가 정리할 테니까."

동호는 아빠 말을 무시한 채 빗자루를 다시 들고는 바닥을 쓸었다.

"친구 기다리는데, 뭐 해."

"나 저 새끼랑 친구 아니야."

"친구랑 싸웠으면 풀어야지."

동호는 이수와 풀고 싶은 마음이 없었다. 그나마 친구로서 이수에게 가졌던 걱정마저도 이제 사라져 버렸다. 동호는 바닥 청소를 끝내고 주방에 들어가서 밀린 설거지를 했다. 가게에 손님이 많아서 몇 시간이 흘렀는지도 모르고 일만 했다. 쓰레기를 버리러 나갔다 들어온 아빠가 동호의 등을 때리며 말했다.

"이수가 아직도 너 기다리고 있던데, 당장 나가."

동호가 들은 척도 안 하자, 동호 아빠는 진지하게 다시 얘기했다.

"이수가 널 화나게 했다면 왜 그랬는지 이유라도 들어야지. 무슨 사정이 있는 건지도 모르잖아."

"들을 필요도 없어. 쟤는 비겁한 놈이야."

"비겁한 건 나쁘지만, 사람이 너무 겁이 나면 어쩔 수 없이 그럴 때도 있어."

동호는 아빠 얘기를 계속 듣고 싶지 않아서 그냥 가게 밖으로 나왔다. 이수가 서 있는 걸 봤지만, 동호는 모른 척하고 지나쳤다. 이수는 동호를 뒤따라갔다. 동호는 한참을 걷다가 사람이 없는 조용한 길목에서 멈췄다. 그리고 뒤를 돌아보고 이수에게 말했다.

"이제 대놓고 스토커 짓이냐."

"잠깐만, 정말 잠깐이면 돼. 할 얘기가 있어."

동호는 아무 대답도 하지 않고 이수를 보기만 했다.

"동호야, 그 그림 내가 그린 것도 아니고 SNS에 올린 거 나 아니야. 정말이야. 널 힘들게 할 생각은 전혀 없었어. 미안해."

"됐어. 난 그냥 갈 테니까 더 말하지 마."

이수의 눈에 눈물이 고였다. 동호는 그때 알았다. 이수의 말이 진심이라는 걸. 그래도 이런 상황을 만든 건 이수 탓이라고 생각했다. 그냥 이대로 다 지나가길 바랄 뿐이었다. 동호는 이수의 얘기를 더는 듣고 싶지 않아서 자리를 피했다.

다음 날, 동호는 학교 정문에 들어서면서 주위를 둘러봤다. 아이들이 자기를 보고 수군거리고 있었다. 예상은 했지만 막상 아이들의 눈빛을 보니 불편했다. 교실에 들어가서 의자에 앉았는데 반 아이들도 동호와 인사하지 않았고 대놓고 피했다. 동호는 애써 아무렇지 않은 척 책상에 엎드렸다. 한 아이가 동호를 흔들었다.

"담임이 교무실로 오래."

동호는 겨우 잠이 들었는데 눈을 비비며 일어났다. 그리고 터벅터벅 담임 선생님을 만나러 교무실에 갔다. 담임 선생님은 평상시와 다르게 심각한 표정으로 앉아 있었다.

"오늘부터 넌 정학이야."

동호는 갑작스러운 처벌에 놀랐다.

"선생님, 제가 왜 정학을 당하나요?"

"이번 일로 너한테 많이 실망했어. 전학 조치가 맞지만, 피해 학생 부모님이 선처해서 이 정도로 끝났으니까 반성하면서 지내."

"무슨 말씀인지 모르겠어요. 제가 뭘 잘못해서 징계를 받나요?"

"정말 몰라서 물어? 네가 이수를 괴롭히고 이상한 소문도 퍼트리고 급기야 이수를 때렸다며. SNS에 그림 올린 애는 다른 학교 애인데, 이수에게 누명이나 씌우고 말이야."

동호는 담임 선생님의 말을 듣고도 무슨 얘기인지 이해가 되지 않았다.

"저는 이수를 괴롭힌 적 없어요."

담임 선생님은 의자에서 벌떡 일어나 화를 내며 말했다.

"전혀 반성할 마음이 없구나. 학교에 이수 아버님이 다녀가셨어. 이수 아버님이 네가 그동안 지속적으로 이수를 괴롭혀 왔다고 하셨어. 이수는 겁이 나서 말을 못 하다가 이제야 말했겠지. 이 정도로 끝나서 다행인 줄 알아."

그날 이후로 동호는 매일 피시방에서 시간을 보냈다. 억울해도 자신이 할 수 있는 일이 없었다. 지금 할 수 있는 건 게임에 나오는 적들을 없애는 일뿐이었다. 동호는 학교 친구들을 만나고 싶지 않아서 일부러 동네에서 멀리 떨어진 피시방을 찾아갔다. 그런데 게임에 열중하고 있을 때 동호의 이름을 부르는 익숙한 목소리가 들렸다.

"동호야, 네가 여기 왜 있어?"

찬규가 놀란 표정을 지으며 서 있었다.

"왜 우리 동네 와서 해? 집에서 멀지 않아?"

"그냥 한번 놀러 왔어."

"짜식 싱겁긴. 이수는 잘 지내지? 요즘 통 연락이 없어. 단톡방에서도 나갔던데."

"몰라."

"너랑 제일 친한데 너도 몰라?"

"야, 나 그 자식이랑 안 친해."

"뭐야, 이수가 들으면 서운하겠다. 이수가 너랑 다니면서 엄청나게 밝아졌잖아. 나야, 우리 아빠랑 이수 아빠가 아는 사이라서 어렸을 때부터 알고 지냈지만, 이수는 친구도 자기 마음대로 사귄 적이 없는 불쌍한 놈이야."

"됐어, 그만해."

동호는 이수 얘기를 듣고 싶지 않아서 찬규 말을 중간에 끊고 피시방에서 나와 버렸다. 답답한 마음에 늘 가던 초등학교로 향하는 버스를 탔다. 초등학교에 도착해 정문을 지나 운동장 쪽으로 걸어가는데 운동장 한구석에 이수가 앉아 있었다. 동호는 이수를 못 본 척했는데 이수의 목소리가 들렸다.

"동호야."

동호는 이수가 자기한테 달려오는 모습을 봤다. 이번에는 피하지 않고 그 자리에서 이수를 기다렸다. 이수는 걱정이 가득한 목소리로 다급하게 말했다.

"도대체 무슨 일이야? 난 그동안 집에 갇혀 있었어. 학교에 가니까 네가 정학을 당했다고 해서 계속 너 찾아다니다가 여기에 왔어."

동호는 이수 얘기를 듣고 막 웃었다. 거의 미친 사람처럼 계속 깔깔거리며 웃었다. 한참을 웃다가 이수를 보며 말했다.

"너희 아빠 정말 대단해. 사람 하나를 완전히 바보로 만들었어. 내가 널 시기해서 이상한 소문을 퍼트렸고 그동안 너를 괴롭혔다고 너희 아빠가 학교에 말했어. 나는 아니라고 말했지만, 학교에서는 내 말을 믿지 않아. 선생님들은 믿고 싶은 얘기만 믿으니까. 너는 우리 학교의 자랑이고, 나는 학교에서 아무것도 아니니까. 그렇게 처리하면 더 편하겠지. 그리고 그 미친 성표 새끼가 네 편을 들면서 나를 이상한 놈으로 만들어 버렸어."

이수는 아무 말도 못 하고 동호의 얘기를 듣기만 했다.

"너를 몰랐다면 내가 이런 일을 당하지 않았겠지. 난 처음부터 네가 남자를 좋아하든 여자를 좋아하든 그딴 거 상관없었어. 넌 그때나 지금이나 내 마음이 어떤지 몰라. 그게 네 문제야. 이제는 네가 세상에서 제일 끔찍하고 무서워."

동호는 이수에게 무릎을 꿇고 애원했다.

"제발, 제발 다시는 내 앞에 나타나지 마. 내가 이렇게 빌게. 부탁이야."

15
제로

제로는 밴쿠버의 문자를 외면하고 싶었다. 하지만 계속 신경이 쓰였다. 밴쿠버가 자기를 기다린다고 생각하니까 일이 손에 잡히지 않았다. 제로는 밴쿠버를 피할 수만은 없다고 생각했다. 화실로 가는 제로의 발걸음은 너무 무거웠다. 예전에는 화실에 가는 길이 제일 행복했고 설렜다. 밴쿠버를 만나러 갈 때마다 자신의 몸이 한없이 가벼운 깃털 같았다. 바람에 몸을 맡겨 밴쿠버 곁에 닿기를 바랐다. 그런데 이제는 밴쿠버를 만나는 길에 닿지 않기 위해 돌아가고 싶은 마음만 가득했다. 화실 앞에 도착해서 문을 열자, 그 자리에 그 모습 그대로 밴쿠버가 앉아 있었다. 오랜만에 밴쿠버의 얼굴을 봤는데, 많이 야위어 있었다. 밴쿠버는 옅은 미소를 지으며 제로에게 인사했다. 제로는 그때 알았다. 그동안 자기가 제일 그리워한 건 밴쿠버의 웃는 모습이었다.

"오랜만이야, 제로."

"응."

"여기서 우리가 처음 만났잖아. 생각해 보면 나는 이곳에 있을 때 제일 마음이 편했어. 처음으로 내가 좋아하는 그림을 마음껏 그렸거든. 사실 난 지금까지 부모님 몰래 그림을 그렸어. 부모님이 원하는 삶이랑 내가 꿈꾸는 삶은 항상 달랐으니까. 난 겁이 많아서 숨거나 도망치면서 지냈는데, 그림을 그리면서 조금씩 달라졌어. 두렵지만, 이젠 솔직하게 살고 싶어."

제로는 밴쿠버에게 무슨 말을 해야 할지 몰라 그냥 듣기만 했다.

"그동안 고맙고 즐거웠어. 그리고 너를 탓하지 마. 네가 잘못한 거 없어. 우리는 아직 어리니까……."

밴쿠버는 가방 안에서 파란 수첩을 꺼내서 제로에게 건네고 문 쪽으로 걸어갔다. 화실 문을 열고 나가기 전에 밴쿠버는 마지막으로 제로에게 말했다.

"제로, 너는 간직하고 싶은 파란색이야."

제로는 밴쿠버가 준 파란 수첩을 열어 봤다. 그 수첩에는 제로의 모습이 그려져 있었다. 둘이 걸었던 홍대 골목, 같은 풍경을 보며 웃고 떠들었던 카페, 야경을 봤던 공원, 함께했던 공간에 제로의 모습이 있었다. 그림 속에 있는 자신은 환하게 웃고 있었다. 제로는 밴쿠버에게 할 말이 있었다. 미안하다고,

널 좋아해서 행복했다고, 그래서 더 미안하다고 얘기했어야 했다. 너와 함께한 모든 순간이 따뜻했다고. 제로는 밴쿠버를 찾기 위해 달렸다. 그리고 밴쿠버의 뒷모습을 봤다. 제로는 밴쿠버를 향해 크게 소리쳤다.

"밴쿠버! 밴쿠버!"

밴쿠버는 뒤를 돌아보지 않고 계속 앞만 보고 걸어가고 있었다. 횡단보도의 신호등이 파란불로 바뀌자 밴쿠버는 빠르게 횡단보도를 건넜다. 그런데 도로 위의 트럭이 멈추지 않고 빠른 속도로 달려오고 있었다.

"밴쿠버!"

밴쿠버가 뒤를 돌았다. 그리고 밴쿠버가 눈앞에서 사라져 버렸다.

제로의 귓가에는 사이렌 소리가 계속 맴돌았다. 밴쿠버는, 밴쿠버는 어디 있지. 밴쿠버가 보이지 않았다.

16
동호

    세상은 변함없이 돌아갔다. 교실에 들어서면 엎드려서 자는 아이들, 끼리끼리 모여서 얘기하는 아이들, 복도를 뛰어다니는 아이들. 동호는 변함없이 흘러가는 이 순간들이 낯설었다. 휴대폰을 꺼냈다. 휴대폰 화면에 있는 금은 그대로였다. 한번 금이 가면 다시 되돌릴 수 없다. 처음에는 분명 작은 금이었는데 점점 커졌다. 동호는 자기 마음에 금이 하나 생겼고, 그 금이 점점 커지고 있다고 느꼈다. 그 금을 모른 척하고 싶어서 동호는 일부러 바깥으로만 눈을 돌렸다.

    "동호야, 담임이 또 불러."

    동호는 담임 선생님이 자기에게 무슨 말을 할지 이미 짐작하고 있었다. 걱정과 귀찮음이 뒤섞인 잔소리였다.

    "선생님, 부르셨어요?"

"너 요즘 왜 그래? 출석 관리 제대로 안 하면 졸업도 못 해. 네 아버지 뵐 면목이 없어서 내가 제일 좋아하는 감자탕도 못 먹고 있잖아. 내가 봐주는 것도 한계가 있어."

"네, 죄송합니다."

동호는 교무실을 나오면서 웃음이 나왔다. 담임 선생님에게 지금 중요한 일은 고작 맛있는 감자탕을 마음 편하게 먹느냐 마느냐였다.

학교 어디를 둘러봐도 이수에 대한 흔적 따위는 전혀 없었다. 이수가 떠난 날, 이수의 이름을 부르며 울었던 아이들, 이수를 생각하며 울먹였던 선생님들, 그 사람들은 이제 다 사라져 버렸다. 동호는 여전히 믿어지지 않았다. 이수가 세상에 없고, 다시는 볼 수 없다는 사실이.

"이수야, 민박 아줌마 말로는 이 바위가 아주 영험하대. 소원을 빌면 들어준다는데."

"동호야, 그 말을 진짜 믿어?"

"믿어서 이뤄지면 좋고 아니면 마는 거지. 밤에 여기 와서 소원 빌자."

"난 괜찮으니까, 넌 빌어 봐."

밤바다에는 아무도 없었다. 낮에는 따뜻했지만, 밤공기는 차가웠다. 동호와 이수는 바위 앞에 서서 눈을 감고 소원을 빌었다. 소원을 빌지 않겠다던 이수는 꽤 오래 눈을 감은 채 있었다.

　동호는 꿈에서 깼다. 또 이수 꿈이었다. 오늘은 악몽이 아
니었다. 꿈에서 이수는 웃고 있었다. 그때 이수는 무슨 소원을
빌었는지 궁금했다. 동호는 그때 빌었던 소원을 생각했다. 고
등학교를 졸업하고 대학에 합격해서 이수와 다시 여기에 오
게 해 달라는 소원이었다. 어른이 돼서도 같이 운동하고, 놀
고, 이런저런 얘기도 나누는 친한 친구로 계속 지내길 바랐다.
이수 말이 맞았다. 소원은 이루어지지 않았다.

　동호는 일어나서 책상에 있는 달력을 봤다. 달력은 계속 같
은 달이었다. 달력을 넘길 수 없었다. 달력을 넘기면 이수가
떠났다는 걸 인정해야 할 것 같았다. 서랍에서 파란 수첩을
꺼냈다. 이수가 떠난 며칠 뒤 동호 집으로 택배가 왔다. 작은
상자 안에 파란 수첩 하나가 있었다. 동호는 파란 수첩을 처
음부터 천천히 펼쳐 봤다. 그 수첩에는 동호가 그려져 있었고
옆에는 이수 글씨가 보였다.

　동호가 게임에서 이겼다고 엄청 좋아한다. 동호는 작은 일에도 크게
기뻐한다. 나도 동호처럼 그럴 수 있으면 좋겠다.

　동호랑 초등학교 운동장에 갔다. 동호 말대로 내 꿈을 위해 용기를 내
고 싶다.

바다에 누워 있을 때 그대로 내가 녹아 없어졌으면 좋겠다는 생각을 했다. 그런데 동호 목소리가 들렸다. 햇빛 때문이었을까, 아니면 동호가 눈앞에 있어서 그랬을까. 나도 모르게 눈물이 났다.

하얀 배구공이 내 쪽으로 굴러왔다. 내가 배구공을 들어서 동호에게 던졌고 동호의 품에 들어갔다. 동호는 공을 안고 날 보며 환하게 웃었다. 그 순간 깨달았다. 이미 공 하나가 내 품에 들어왔다는 걸. 만질 수도 던질 수도 없는 공이.

별빛이 쏟아진 날, 나는 동호에게 내 마음을 말했다. 너처럼 괜찮은 사람을 좋아할 수 있어서 행복했어.

나 때문에 네가 힘들게 돼서 미안해. 정말 미안해……. 다 내 탓이야.

동호는 이수의 수첩을 꽉 쥐었다. 그리고 몇 번이고 파란 수첩을 꺼내서 읽고 또 읽었다.

동호는 사소한 일로도 아이들과 시비가 자주 붙었다. 계속 마음이 답답했고 별일이 아닌 일에도 갑자기 화를 내곤 했다. 무엇보다 이수 아빠를 감자탕 가게에서 우연히 본 이후로 감정 조절이 더 힘들어졌다. 얼마 전 이수 아빠가 여러 사람을 이끌고 감자탕 가게로 들어왔다. 이수 아빠는 들떠 보였고 목소리도 쩌렁쩌렁했다. 게다가 아무 일도 없는 사람처럼 밝아 보였다. 동호는 그런 이수 아빠의 모습이 이상했다.

'이수가 없는데 어떻게 저렇게 웃고 떠들지?'

동호는 망설이다 주방에서 나와 이수 아빠가 계산하고 나갈 때 인사를 했다.

"안녕하세요. 저 동호예요."

"동호?"

이수 아빠는 동호를 처음 보는 사람처럼 대했다.

"저 이수 친구인데요."

이수라는 말이 나오자, 이수 아빠의 표정이 갑자기 굳어지고 눈빛도 무서워졌다.

"이수 친구라고?"

이수 아빠의 되묻는 말에 동호는 뭐라고 답해야 할지 몰랐다. 자신이 이수 친구라고 말할 자격이 있는지도 몰랐다.

"나한테 무슨 할 말이 있니?"

"그게, 이수 아버님이라서."

"그래? 이수는 없잖아. 무슨 말인지 알지?"

"네. 근데 이수가……."

"없는 사람 얘기하지 말자."

이수 아빠는 차갑게 말하고 가게 밖으로 나갔다. 동호는 이수 아빠를 따라 나갔는데, 이수 아빠는 사람들과 웃으며 걸어갔다.

동호는 어제부터 계속 머릿속에 이수 아빠의 웃는 얼굴이 맴돌았다. 어떻게 그렇게 쉽게 이수를 없는 사람 취급을 할 수 있을까, 이수 가족도 벌써 이수를 잊었을까, 아니면 잊고 싶은 걸까. 동호는 씁쓸한 기분이 들었다. 어느 곳에서도 이수를 기억하고 싶어 하는 사람은 없었다. 어쩌면 동호도 이수를 잊고 싶은지 몰랐다.

이수를 마지막으로 본 날, 동호는 이수 얘기를 듣지 않고 화만 냈던 일이 계속 후회됐다. 정말 동호 말대로 이수가 없어지길 바란 건 아니었다. 동호는 몇 번이고 그날로 돌아가는 상상을 했다. 그리고 이수를 만나면 다시 얘기하고 싶었다.

동호는 피시방에서 게임을 했다. 게임을 하면 아무 생각이 나지 않아서 매일 피시방에서 시간을 보냈다. 다른 때보다 피시방이 시끄러워서 동호는 컴퓨터 화면에서 눈을 떼고 주위를 둘러봤다. 성표와 다른 아이들이 떠들면서 게임을 하고 있었다. 동호는 자리에서 일어나 성표가 있는 쪽으로 걸어갔다.

"여기 왜 왔어?"

"내가 네 허락받고 다녀야 되냐?"

동호는 성표의 어깨를 거칠게 잡았다.

"왜, 때리게? 이 새끼는 툭하면 이래. 때려 새끼야, 이번에 나 때리면 너 봐주는 사람도 없는데 어떡하냐?"

"뭔 소리야?"

"네 옛 애인 이수, 네가 나 때렸을 때 이수가 다 막았잖아. 그 게이 새끼가 하도 빌어서 내가 그냥 넘어가 줬어. 네가 얼마나 좋으면 자존심 센 녀석이 그랬겠냐. 죽은 놈만 불쌍하지. 네가 정학당했을 때 내가 왜 그놈 편든 줄 알아? 그놈이 아빠한테 죽도록 맞을까 봐 내가 봐줬어."

"그게 무슨 소리야?"

"중학교 때 이수 몸에 있는 멍을 우연히 봤는데, 그 뒤로 그 자식이 나랑 얘기도 안 해. 아빠한테 맞아서 창피했겠지. 소문나면 쪽팔리니까."

동호는 성표를 넘어트리고 주먹으로 얼굴을 내리쳤다. 성표랑 같이 온 아이들이 동호를 붙잡아서 밖으로 끌어냈다. 성표의 입술과 눈가는 찢어져서 피가 나고 있었다.

"너 같은 놈이 진짜 찌질이야. 자격지심 때문에 못난 짓만 하잖아. 그래서 이수가 널 싫어한 거야."

"야, 이 개자식! 너보다 내가 더 이수를 잘 알았어! 내가 더!"

성표는 땅바닥에 있는 빈 병을 들고 동호에게 달려들었다.

툭!

동호가 주저앉으며 땅에 머리를 박았다. 동호 머리에서 피가 흘러내렸다. 사람들의 비명 소리가 들렸다. 성표는 피 묻은 부서진 병을 던져 버리고 그 자리에서 도망쳤다. 동호는 눈앞이 희미해지면서 세상이 아득히 멀어지는 느낌이 들었다. 그

때 이수의 얼굴이 보였다. 동호는 이수를 마주 보려고 했지만,
눈이 떠지질 않았다.

17
제로

눈을 감으면 사이렌 소리가 계속 귀에 맴돌았다. 눈을 뜨면 여기저기서 밴쿠버의 모습이 나타났다. 그날 이후로 제로는 아무것도 제대로 할 수 없었다. 순간순간 머릿속이 새하얗게 되면서 자기가 뭘 하고 있는지도 까먹었다. 제로는 점점 더 말이 없어졌고, 학교에서 가볍게 어울려 지냈던 친구들하고 도 일부러 거리를 두며 지냈다. 드로잉 모임도 나가지 않았고, 그림도 전혀 그리지 않았다. 제로는 그저 학교와 집을 오고 갈 뿐이었다. 세상 누구도 자기를 알아보지 않길 바랐다. 제로 는 앞으로 뭘 어떻게 해야 할지 전혀 알 수 없었다. 자신이 할 수 있는 최선은 그저 아무것도 하지 않고 지내는 거라고 생각 했다.

제로는 집에 있을 때 창문에 커튼을 치고 침대에 가만히 누워만 있었다. 천장에 있는 작은 얼룩이 눈에 들어왔다. 그 얼룩을 보는데 얼룩이 천천히 커지기 시작했다. 그리고 천장 전체로 번지더니 벽면까지 타고 내려왔다. 제로는 무서워서 침대에서 일어나려고 하는데, 몸이 움직이질 않았다. 깊은 늪에 점점 빠지는 느낌이었다.

아아악! 크게 소리쳐 봤지만, 소리는 나지 않고 입만 벙긋거리고 있었다. 제로가 더 크게 소리 지를수록 소리는 입 밖이 아니라 제로의 목구멍으로 삼켜졌다. 그때 제로의 목소리 대신 밴쿠버의 목소리가 들렸다.

"제로야, 제로야."

누군가 제로의 몸을 거세게 흔들었다. 눈을 떠 보니 엄마가 옆에 있었다.

"꿈꿨니? 식은땀 좀 봐."

제로는 겨우 몸을 일으켰다. 자주 악몽에 시달렸다. 악몽을 꾸고 싶지 않아서 밤을 새는 일도 많았다. 자기를 걱정스럽게 보는 엄마의 눈빛을 피하고 싶었다.

"괜찮아, 나 혼자 있고 싶어."

엄마는 제로에게 더 묻지 않고 방을 나갔다. 제로는 엄마의 뒷모습을 보자 눈물이 났다.

'엄마, 옆에 있어 줘.'

제로는 하고 싶은 말을 차마 엄마에게 하지 못했다. 그리고 자리에서 일어나 달력을 봤다. 달력에 노란색으로 표시된 날

짜가 눈에 들어왔다. 오늘은 밴쿠버의 생일이었다. 제로는 휴대폰의 전원을 켰다. 며칠 동안 휴대폰을 꺼 뒀기 때문에 부재중 전화가 쌓여 있었다. 부재중 전화는 모두 캡틴이었다. 캡틴의 문자도 여러 개 와 있었다.

— 전화 좀 받아.

— 제로, 할 얘기가 있으니까 연락해 줘.

— 밴쿠버에 대한 얘기야.

제로는 밴쿠버라는 글자를 보자마자 캡틴에게 연락했다. 캡틴은 평상시와 다르게 진지한 목소리로 잠깐 만나자고 얘기했고, 제로는 캡틴과 약속을 잡았다.

오랜만에 만나서 그런지 캡틴이 달라 보였다. 늘 웃고 있거나 들떠 있는 캡틴 모습이 익숙했는데, 지금은 표정이 어둡고 심각했다.

"오랜만이네, 제로."

"네."

"잘 지냈니?"

제로는 아무 대답도 할 수 없었다. 캡틴도 제로가 별 대답을 하지 않자 어색한 침묵만 지켰다. 제로는 캡틴과 있는 게 불편해서 먼저 조심스럽게 말을 했다.

"저…… . 밴쿠버에 대한 얘기가 있다고 해서 나왔어요."

"그래. 밴쿠버 일은 너무 갑작스러워서 나도 아직 믿어지지 않아. 제로야, 힘들어도 계속 드로잉 모임에 나왔으면 좋겠어."

"저 드로잉 모임 앞으로 안 나가려고요. 그림도 이제 지겨
워요. 그만 그리고 싶어요."

"이 말을 너한테 할지 말지 고민하다가, 밴쿠버에게 부탁받
았으니까 얘기할게. 밴쿠버가 마지막으로 화실에 나온 날 그
랬어. 혹시라도 네가 안 나오면 꼭 연락해서 드로잉 모임에
나오게 하라고."

제로는 캡틴 입에서 밴쿠버의 이름이 나올 때마다 가슴이
찌릿해지며 아팠다.

"저 먼저 갈게요."

제로는 빨리 그곳에서 벗어나고 싶어서 황급히 자리에서
일어났는데, 캡틴이 제로의 팔을 잡았다.

"다 알고 있어. 그러니까 괜찮아."

제로는 캡틴이 다 알고 있다는 말이 무슨 뜻인지 몰랐고,
괜찮다는 말은 듣기 싫었다.

"뭐가 괜찮아요?"

"네가 밴쿠버 수첩을 사진 찍는 거 봤어. 네가 SNS에 올린
그림도 다 알고 있어. 밴쿠버도 이미 알고 있었고. 밴쿠버가
알았는데 널 생각해서 모른 척 넘어갔어. 그러니까……."

캡틴은 말을 잇지 못하고 고개를 숙였다. 제로는 깨달았다.
캡틴도 밴쿠버를 떠나보내서 힘들어하고 아파하고 있었다.

제로는 캡틴을 만나고 나서 밴쿠버와 같은 고등학교에 다

니고 있는 친구에게 어렵게 연락을 했다. 그동안 차마 묻지 못한 밴쿠버에 대한 얘기를 조심스럽게 물었다. 친구는 재미난 가십을 얘기하듯이 신나서 제로에게 말해 줬다.

"게이라고 소문이 쫙 났는데, 알고 보니까 그게 헛소문이었어. 제일 친한 친구가 일부러 거짓말로 소문을 퍼트렸대. 게이라는 소문도 심한데, 친구에게 배신까지 당했으니까 정말 힘들었을 거야. 뭐, 교통사고 때문이라지만 자살했다는 소문도 있어."

제로는 전화를 끊고 움직일 수 없었다. 그제야 자기가 무슨 짓을 했는지 확실하게 깨달았다. 밴쿠버의 파란 수첩에 그려져 있던 남자애는 평범한 고등학생이었다. 밥을 먹고 있거나 운동장을 달리고 있었다. 일상에서 흔히 보는 모습이었다.

제로는 밴쿠버가 소중하게 생각하는 그 아이의 일상을 망가뜨리고, 밴쿠버에게 상처를 주고 싶었다. 그래서 제로는 일부러 그림을 왜곡해서 그렸다. 결국 두 아이 모두에게 돌이킬 수 없는 상처를 주었다. 제로 자신에게도.

제로는 마지막에 만났던 밴쿠버의 모습이 떠올랐다. 밴쿠버가 횡단보도를 건너다 뒤를 돌아봤을 때, 밴쿠버는 웃고 있었다. 아니, 울고 있었다.

제로는 엄마 방에 들어가서 서랍 안쪽에 있는 약통을 꺼냈다. 엄마가 잠이 오지 않을 때 먹는 약이었다. 제로는 약통과

물을 들고 방으로 들어왔다. 너무 피곤하고 지쳐서 자고만 싶었다. 제로는 약을 먹으면서 생각했다.

'깊이 잠들면 오늘은 악몽을 꾸지 않겠지.'

18
도서관

이야기가 끝났다. 마지막 책장을 덮는 순간 지워졌던 모든 기억이 되살아났다. 여기 오기 전 마지막 기억도 생생하게 떠올랐다. 하고 싶었지만, 한 번도 하지 못한 말이 있었다. 처음으로 입 밖으로 말했다.

"미안해, 보고 싶어."

너도 어쩌면 여기에 왔다 갔을까. 아니면 너는 기억하고 싶지 않아서 여기에 오지 않았을까. 내가 죽었다는 게 믿기지 않았는데, 책을 다 읽고 나니 오히려 받아들일 수 있었다. 내가 왜 여기에 오게 된 건지 이유를 알게 됐으니까. 나는 그 애를 봤다. 그 애도 기억이 다 돌아왔을까. 그 애는 책을 읽고 있지 않았다. 가만히 앉아서 먼 곳을 응시하고 있었다. 그 애도 책을 다 읽은 것 같았다.

"나 다 읽었어. 그리고 기억이 났어. 모두 다."

나는 그 애 옆에 가서 말했다.

"나도 기억이 났어. 차라리 몰랐던 게 더 나은 것 같아. 난 말이야……."

그 애는 더 말을 잇지 못하고 눈물을 흘렸다. 나는 그 애를 안았다.

"괜찮아, 다 괜찮아. 너도 나도."

우리는 서로를 안고 한참을 울었다.

"난 내가 죽었다고 생각하니까 너무 무서웠는데, 어쩌면 그 애를 만날지도 모른다는 생각에 좀 안심이 돼. 정말 보고 싶은 친구가 있어. 그리고 나보다 먼저 그 친구가 이곳에 왔어. 그 친구를 너무 만나고 싶어. 그 친구는 날 안 보고 싶어 할지도 몰라."

그 애의 말에 나는 놀랐다.

"나도 보고 싶은 친구가 있어. 그 친구의 책이 이 도서관에 있다고 생각하니까 기분이 이상해."

드르륵! 문이 갑자기 열리더니 사서가 들어왔다.

"모두 책을 다 읽었나?"

"다 읽든 안 읽든 무슨 소용이 있나요? 아무것도 몰랐을 때는 몰라서 무서웠는데, 지금은 다 알게 돼서 더 무섭고 괴로워요."

나는 사서의 얼굴을 똑바로 바라보며 불안한 목소리로 애기했다. 사서는 대답 없이 팔짱을 낀 채로 나를 바라봤다. 사서의 미래를 보는 푸른색 눈에서 갑자기 빛이 반짝거렸다.

"그럼 우리는 이제 어디로 가나요?"

그 애가 사서에게 물었다.

"너희는 이곳에 있고 싶나? 아니면 다시 돌아가고 싶나?"

"여기에 있으면 먼저 이곳에 온 사람을 만날 수 있나요?"

나는 간절한 목소리로 사서에게 물었다.

"만날 수 있지. 상대방도 너를 만나길 원하면 말이다. 한쪽만 만나고 싶다고 만남이 이루어지지는 않아. 그리고 그 사람이 기억을 지웠다면 만남은 이뤄지지 않는다."

사서의 말대로라면 나는 이수를 만날 수도, 못 만날 수도 있다. 이수가 날 만나고 싶지 않거나 이미 기억을 지웠을지도 모른다. 사서의 눈에서 다시 또 빛이 나기 시작했다. 사서는 눈을 몇 번 깜박이더니 말했다.

"너희들은 지금 삶과 죽음의 중간에 있다. 둘은 죽은 자도 산 자도 아니다. 너희가 여기에 온 이유는 책을 읽었으니 알겠지. 다시 돌아갈지, 이곳에 머물지는 너희 마음에 달려 있다. 이제 시간이 별로 남지 않았다. 내가 다시 돌아오면 그때 다 결정이 난다."

사서는 또 사라졌고 우리는 다시 사서가 오기를 기다려야만 했다.

"난 다시 돌아갈 자신이 없어. 어쩌면 여기서 내가 보고 싶은 사람을 만날지도 모르잖아."

그 애는 떨리는 목소리로 말했다.

"사실 나도 자신은 없지만, 다시 살고 싶어. 어떻게 지내야 할지 아직은 몰라. 그래도 돌아가는 게 맞아."

내 말을 듣고 있는 그 애의 눈빛이 심하게 흔들렸다. 나는 그 애의 손을 꼭 잡았다.

"우리 같이 돌아가자."

"어쩌면 나는 이곳이 나을지도 몰라."

"잘 생각해 봐. 네가 바라는 선택이 뭔지, 네가 알 거야."

"내가 선택한 모든 게 다 후회스러워. 좋아하는 사람에게 상처만 줬어. 나는 정말 아무것도 모르겠어. 다 모르겠어."

그 애는 주저앉은 채 울먹이며 말했다.

"나도 너처럼 소중한 사람에게 상처를 줬어. 난 사실 무서 웠어. 내가 뭘 어떻게 해야 할지 몰라서, 도망치기만 했어. 너 도 나처럼 무서워서 그랬을 거야."

우리는 서툴고 잘 몰라서 사람들에게 실수를 하고 상처를 주고받는 거였다.

"미안해, 미안해, 밴쿠버."

그 애는 나를 안고 누군가의 이름을 부르며 한참 동안 울었 다. 나는 소리 내지 못한 채 이수의 이름을 마음으로 계속 불 렀다.

'이수야, 미안해.'

그때 사서가 책 두 권을 들고 우리 앞에 나타났다. 그는 책을 우리에게 한 권씩 줬다.

"책을 펼치는 순간 둘의 미래가 결정된다. 죽기로 마음먹었다면 이곳에 머물게 되고, 돌아가기로 했다면 그곳에서 다시 눈을 뜬다. 단, 살게 된다면 여기에서 있었던 모든 기억은 다 사라진다. 아무것도 기억할 수 없다. 이제 책을 펼쳐 봐라."

"하나만 물어봐도 돼요?"

나는 사서에게 질문했다.

"그래."

"도서관에 제 친구 강이수가 왔나요?"

내 말에 그 애는 너무 놀란 표정을 지으며 나를 바라봤다. 내가 다시 묻기 전에 그 애가 먼저 다급한 목소리로 사서에게 물었다.

"도서관에 밴쿠버가, 아니 강이수가 왔나요?"

그 애 입에서 이수라는 이름이 나와서 나는 깜짝 놀랐다.

"지금 2층에 가 봐라."

나와 그 애는 2층 도서관으로 급히 올라갔다. 도서관에는 여전히 많은 사람이 책을 읽고 있었다. 그중에 계속 그리워했던 얼굴이 보였다.

이수였다. 이수가 책을 읽고 있었다. 나는 맞은편에 앉아서 이수를 봤다. 바닷가에서 봤던 그 모습처럼 이수는 편안해 보였다.

사서가 우리 뒤에서 말했다.

"강이수는 도서관에 자주 와서 책을 읽고 또 읽는다."

내 눈에서 무언가 흘렀다. 처음으로 눈물이 났다. 그 애도 나처럼 이수를 보며 울고 있었다.

"너희는 이미 결정했다. 책을 펼쳐라."

사서의 말이 끝나고 우리는 서로를 쳐다봤다. 책을 펼치면 우리는 앞으로 어떻게 될지 알 수 없었다. 이곳을 떠나게 될지 아니면 남게 될지. 우리의 미래를 알지 못해도 이번에는 후회 없이 살고 싶었다. 마지막으로 그 애에게 말했다.

"너랑 같이 있어서 무섭지 않았어. 우리 꼭 다시 만나자."

"고마워, 나도 네 덕분에 여기서 잘 견뎠어."

우리 손에 있던 책에서 빛이 나오기 시작하더니 책장이 바람에 날리듯이 후루룩 넘어갔다. 나는 책을 보지 않고 그 애의 얼굴을 봤다. 그 애를 기억하고 싶었다. 다시 만나면 알아볼 수 있길. 그 애의 얼굴이 점점 희미해져 갔다. 그 애의 목소리가 작게 들렸다.

"우리 꼭 다시 만나."

19
다시

"동호야!"

"선생님! 선생님!"

시끄러운 소리가 들렸다. 사람들의 발소리, 문이 닫히는 소리, 쇠가 부딪히는 소리, 그 소리들 사이로 아빠와 엄마의 목소리가 들렸다.

눈을 떴을 때 제일 먼저 보인 건 빛이었다. 눈이 부셔서 눈을 질끈 다시 감았다. 다시 눈을 떴을 때 새하얀 천장이 보였다. 그리고 내 손을 꼭 잡고 있는 아빠가 보였다.

"아빠."

"어, 아빠 여기 있어."

"여기가 어디야?"

"기억 안 나? 여기 병원이야."

아빠는 내 손을 더 세게 잡으며 울먹였다.

"이 자식, 우리가 얼마나 놀란 줄 알아?"

나는 어린아이처럼 울먹이는 아빠의 모습을 처음 봤다. 면도도 하지 않고 까칠해 보이는 아빠 얼굴이 제대로 보였다. 아빠 말에 따르면 나는 피시방 근처에서 머리를 다치는 사고를 당했고, 응급실에 왔을 때 이미 의식이 없었다고 했다. 의식을 잃은 상태로 나는 계속 병원에 누워 있었다.

나는 깊은 잠을 자다가 깬 것 같았고 그동안 무슨 일이 있었는지 전혀 기억나지 않았다. 온몸에 힘이 다 빠졌지만, 시간이 지날수록 이상하게 정신은 또렷해졌다.

퇴원할 준비를 하고 짐을 챙겼다. 의자에 앉아 잠깐 숨을 돌렸다. 열린 창문으로 시원한 바람이 들어왔다. 선반에 놓여 있는 책이 눈에 띄었다. 책장이 바람에 넘어갔다. 마치 누가 손으로 넘기는 것처럼.

20
만나다

거리마다 무지개 깃발이 가득했다. 축제 때문에 가는 곳마다 사람들로 붐볐다. 나도 축제를 즐기고 싶었지만, 오후 아르바이트가 끝나니 집에서 푹 쉬고 싶었다. 집에 갈 준비를 하는데 룸메이트에게 연락이 왔다. 친구들을 데려왔다는 문자였다. 집에서도 조용히 쉴 수 없다는 생각에 한숨이 나왔다.

나는 자전거를 타고 선셋비치로 갔다. 답답하거나 쉬고 싶을 때 여기로 왔다. 보통 해변에 오면 뛰거나 자전거를 탔는데 오늘은 바닷가에 조용히 앉아 있고 싶었다. 밴쿠버에 온지 벌써 일 년이 지났다. 대학 진학을 포기하고 새로운 곳에 가고 싶다고 얘기했을 때 부모님은 반대했다. 하지만 예상 밖으로 누나가 적극 찬성을 해서 여기에 올 수 있었다. 누나의 말이 아직도 귀에 생생했다.

"엄마, 동호는 어차피 공부엔 소질 없으니까 대학은 포기하고 빨리 자기 길을 찾아야 해. 외국에 나가면 고생도 하고 정신도 차리겠지."

나는 고등학교 1학년 때도 누나 때문에 독서실에 다녔다. 잠시 옛날 생각을 하는데, 내 쪽으로 공이 굴러왔다. 중학생으로 보이는 남자아이가 공을 가지러 오고 있었다. 나는 공을 그 남자아이에게 던졌다. 남자아이는 공을 받고 손을 크게 흔들었다. 그리고 나서 공을 들고 바다로 뛰어들었다. 또래의 다른 남자아이와 바다에서 즐겁게 노는 모습을 지켜봤다. 아이들 노는 모습을 보면서 주머니 속에 있는 수첩을 꽉 쥐었다.

붉은 노을이 보이기 시작했다. 해변에서 일어나 집으로 돌아가려는데, 동양인 여자가 고개를 숙이고 뭔가를 찾고 있었다. 여자의 표정을 보니 거의 울기 직전이었다.

'저 표정을 어디서 봤지?'

여자 얼굴이 낯익어서 그런지 나도 모르게 계속 쳐다보고 있었다. 그때 여자와 눈이 마주쳤다. 그 여자는 갑자기 반가운 표정을 지으며 내 쪽으로 달려왔다. 그리고 무작정 한국말로 내게 물었다.

"한국인이죠?"

"아, 네."

"제가 물건을 잃어버렸어요. 혹시 여기에도 분실물 센터가 있나요?"

"안내 센터 있긴 한데, 지금은 운영 시간이 끝났어요."

"벌써요?"

"여기 공공 기관은 다 일찍 끝나요."

그 여자는 내 말을 듣더니 절망하며 고개를 숙였다.

"비싼 걸 잃어버렸나 봐요."

"그게……. 저한테 정말 소중한 거거든요."

소중하다는 그 여자의 말이 이상하게 마음에 걸렸다. 집으로 돌아가야 하는데, 그 여자를 도와주고 싶었다.

"어떤 건지 말해 주세요. 저도 같이 찾을게요."

"수첩이에요. 색깔은 파란색이에요."

파란색이라는 말을 듣자 내 주머니 속에 있는 파란 수첩이 생각났다.

우리는 잃어버린 수첩을 찾기 위해 무작정 해변을 살폈다. 서로 반대 방향에서 수첩을 찾고 있는데, 뒤쪽에서 그녀의 목소리가 들렸다.

"찾았다."

목소리가 너무 커서 깜짝 놀랐다. 나는 뒤를 돌아 그 여자를 봤다. 그 여자는 얼마나 기쁜지 제자리에서 팔짝 뛰면서 소리쳤다. 손에는 파란 수첩이 들려 있었다. 그리고 파란 수첩을 머리 위에 올려서 나에게 보여 줬다. 나도 주머니에서 수첩을 꺼내 흔들어 보였다. 그 여자는 나를 보며 환하게 웃었다. 나도 그 여자를 보며 웃었다.

  소중한 사람들이 먼 곳으로 떠났다.

  그들의 자리는 여전히 남아 있는데, 다시는 그들을 만날 수가 없다. 이제는 만날 수 없다는 사실이 믿기지 않을 땐 그들이 긴 여행을 떠났다고 생각했다. 안부를 물어도 대답 없는 그들을 원망하다가 문득 그런 생각이 들었다.

  아마 그들도 우리를 그리워하고 우리의 안부를 걱정하고 있을 거라고.

  『우리를 만나다』를 쓰면서 동호, 제로, 이수를 만났다. 세 친구 덕분에 그동안 미뤄 왔던 작별 인사를 제대로 할 수 있었다. 언젠가 다시 만날 때 분명 우리는 서로를 기억할 거라고 믿는다.

  항상 나를 믿어 주는 가족과 친구들 덕분에 나답게 살 수 있었다. 친구 같은 가족, 가족 같은 친구들에게 감사하다는 말을 전하고 싶다.

  그리고 『우리를 만나다』가 세상과 만날 수 있게 도움을 준 사계절출판사 편집부에 감사드린다.

우리를 만나다

2022년 2월 18일 1판 1쇄
2022년 6월 30일 1판 2쇄

지은이 이경주

편집 김태희 장슬기 이은 김아름 이효진 디자인 김효진
제작 박홍기 마케팅 이병규 양현범 이장열 홍보 조민희 강효원

인쇄 코리아피앤피 제책 J&D바인텍

펴낸이 강맑실
펴낸곳 (주)사계절출판사 등록 제406-2003-034호
주소 (우)10881 경기도 파주시 회동길 252
전화 031)955-8588, 8558 전송 마케팅부 031)955-8595 편집부 031)955-8596
홈페이지 www.sakyejul.net 전자우편 literature@sakyejul.com
블로그 blog.naver.com/skjmail 페이스북 facebook.com/sakyejul
트위터 twitter.com/sakyejul 인스타그램 instagram.com/sakyejul

값은 뒤표지에 적혀 있습니다. 잘못 만든 책은 구입하신 서점에서 바꾸어 드립니다.
사계절출판사는 성장의 의미를 생각합니다.
사계절출판사는 독자 여러분의 의견에 늘 귀 기울이고 있습니다.
이 책은 저작권법에 따라 보호받는 저작물이므로 무단전재와 복제를 금합니다.

ISBN 979-11-6094-908-7 44810
ISBN 978-89-5828-473-4 (세트)